我们只是，好久不见。

序

如今再给《十年》这个短篇写序,我也不知道自己何德何能,竟然可以为这篇文字写序言。

《十年》对于我来说是永恒的回忆,从我打算对故事留白,到最后决定把这个结局写出来,我的心境发生了变化,犹如从一个少年到一个老人。我是真的打算给自己的这段岁月画上一个句号。我希望它是圆满的,它是平和的,它是宽容的。

如今再修订《十年》,我仍然能感觉到当时的耐心与笔力,也弥补了一些当年情绪强压下的缺失。

当年的更新是不可改变的,你我共同经历的,终将被忘却,它也是你们生命中或许清晰、或许模糊的回忆,但那段经历是永恒的,也是修订无法再达到的。

总之,谢谢那一年的8月17日,《十年》是个好看的故事,如果是一个老读者,请放心享用。

2019年序
南派三叔

目录 CONTENTS

- 061 第十一章 蚰蜒
- 067 第十二章 救人
- 071 第十三章 人面鸟
- 077 第十四章 口中猴
- 083 第十五章 华容道
- 089 第十六章 弹弓高手
- 095 第十七章 大白脸
- 101 第十八章 血战
- 109 第十九章 抽王盟

- 175 第三十章 长生的代价
- 181 第三十一章 小哥的邀请
- 187 第三十二章 阴兵
- 197 第三十三章 青铜门
- 203 第三十四章 十年
- 209 第三十五章 无数个我
- 213 第三十六章 黑瞎子
- 219 第三十七章 石头人
- 227 第三十八章 吴邪的选择
- 235 第三十九章 大结局

001	第一章	潘子
007	第二章	箭头
013	第三章	林场
019	第四章	王盟
025	第五章	铁轨
031	第六章	菟丝子萤
037	第七章	裂缝
043	第八章	活水
049	第九章	林中古井
055	第十章	荧光

115	第二十章	胖子的努力
121	第二十一章	氧气告罄
127	第二十二章	地下神龛
135	第二十三章	粽子
141	第二十四章	四阿公
147	第二十五章	落单
153	第二十六章	流星锤
157	第二十七章	仙蜕
163	第二十八章	秘密
169	第二十九章	小哥的秘密

第一章

潘子

PAN ZI

温度已经升高了。

我戒了一段时间烟,但是这时候控制不住又点上了一根。太阳正在升起来,露水和闷热让人有些焦躁,烟能让我冷静下来。

"也许他早就走了。"胖子在边上也抽着烟,"你知道他的脾气,咱们就是太纯良了,老被老人家骗。"

"那他就算彻底得罪我了。"我想了想,觉得不是没有这种可能性。但是如果这种可能成真,我是应该恼怒,还是替他高兴?

潘子的墓碑在晨光中慢慢清晰起来,上面有些灰暗的刻字,描红都剥落了。字的一笔一画我都很熟悉,那是我自己写的。

很长时间我都没有接受潘子不在我身边了这个事实。如今,我接受了。十年后,即使没有他,我坐在墓碑前面,也没有一丝的动摇。

有人拼命想从石头变成一个人,而我,却

不知不觉变成了一块石头。

胖子在潘子面前倒上一麻袋纸钱,用打火机点起来,我从包里掏出几条白沙烟,压到纸钱上面。

"这么有钱了,还不给大潘整点儿高级货!"胖子道。

"这是给我自己备的。"我对他说。如果这次不成,那这些烟就先烧在潘子那儿。说句玩笑话,如果三叔也在下面,估计这两个人已经把阎王爷整下来,等着我下去享受荣华富贵呢,我给自己准备点心头好没错。

胖子在潘子墓碑前念念有词,我大概都知道他会说些什么,这么多年,懒得听也懒得说他了。

一堆纸钱烧了十五分钟才烧完,我站起来,胖子也站了起来,我们都看着对方。胖子的鬓角有些白发了,但是他的气质一点都没有变化,而我变了太多。

不管怎么说,已经经历过那一切的人,是

不可能错过这一刻的。

"走了走了,别矫情了。"胖子拍着我,"你得努力找回你以前的感觉,这是最后一次了,咱得开开心心地把这事办了。"

我们走到公墓外,几个伙计正在不停地打电话,看到我们过去都迎了上来。我晃了晃手腕,给他们下达命令,他们往各自的车队跑去。

外面的车队把这里围得水泄不通,车灯闪烁,我能看到车里一双一双眼睛,都充满了欲望。

即使到现在,这帮人有时候仍会犯错误,这么密集的队伍在这里集合,太引人注目了。

有多少人,我真的记不清楚。这十年里所有在我身边的、愿意帮我的,全部在这条路上。这就是吴家小三爷的全部身家了。

我和胖子上到我的吉普车内,副驾驶座上的哑姐递给我对讲机。我拨到对应的频率喊道:"所有吴家堂口的,按个喇叭和你们潘爷说一声'我们走了'。"

漫山遍野,我能看到的和不能看到的地方,同时响起了震天的汽车鸣笛声。

"出发,我们去个凉爽的地方过这个夏天。"我把对讲机丢给哑姐。

车队马达轰鸣启动,胖子看着窗外,我的手机响了,是小花的微信:"北京和长沙的车队已经先开出了。"

我深吸了一口气,揉了揉自己面无表情的脸。

十年了。

第二章

箭头

JIAN TOU

从杭州出发的这段路太熟悉了，我很快便昏昏睡去。我现在已经不像当年一样，疲惫感如潮水般让人跪下再也起不来。它现在更像一种慢性病，你想起来它就在这里，你不去想，它似乎也没什么存在感。

整件事情，我一直在做减法，从之前把事情不停地复杂化，到现在我只专注于自己的核心目的。我曾经不止一次问自己："你到底要什么？你是要答案，还是想要身边的人平安？"

我现在要把这件事情结束，彻底把这个几千年前开始的无限但不循环的阴谋结束。为此，过去的几年，我曾把伤害转移到了无辜的人身上。

只要结果是好的，我愿意成为最后一个像三叔那样的人，即使这样会带来自我厌恶感。好就好在，只要直面这些事情，就都能尘埃落定。像开最后一班的环线公交车司机，到达终点就下班了,还可以在途中看风景、听音乐。

到达二道白河是一周之后,我把时间拖得很长,这样所有人都能得到充分的休息,也可以减少他们心中的欲望。

二道白河非常热闹,似乎长白山景区在做一些活动,很多年轻人在此聚集。比起我刚入行的时候,现在中国的无人区越来越少,公路越修越多,所有人都往荒郊野外跑,长此下去,汪藏海当年想隐藏的东西,恐怕也坚持不了多久。

先锋队伍休息了一天,就往山里进发。长白松宾馆的经理和我们关系不错,胖子直接在宾馆里安置了一个临时总部。因为人实在太多,小花他们散落在附近的宾馆里。那天晚上,光烤全羊就被吃掉三十多只。

北方的夏天比较凉爽,在露天的农家乐里,老板推荐了夏天才有的刺老芽(一种野菜)和牛毛广(一种野菜),胖子觉得奇怪:"这丫不是咱铺子后院的野草吗?这能吃吗?"

"怎么能是野草？这是种的，老好吃了。"老板是个大姐，"等下你大哥回来你可别乱说，小心他削你，这是他种的。"

"现在是市场经济时代，怎么能削顾客呢？"胖子不愿意了。他想了想还是没吃，撕了条羊腿过来，撒好孜然和胡椒后脆香，我看着他吃都流口水。

"削顾客是我们农家乐的特色。"大姐就乐了。如果不是微胖，这大姐的身条儿比哑姐还顺。胖子抹了抹嘴边的油，对我道："这大姐也结婚了，咱们以后别来这家吃，换一家有小姑娘的。"

"羊肉火气大还是咋的，老瞄人家，大哥是得削你。"我看着也乐了。小花从门外进来，穿着黑色的皮夹克，提着两瓶葡萄酒，问我怎么也"东北腔"起来了。搬了凳子坐下后，小花轻声道："先锋有发现。"说着，在桌子上放下一件东西。

桌子是用杉木废料轧出来的比较简陋的铁

脚桌子，凳子是塑料带靠背的那种，大排档里常用，胖子要把两个叠在一起才能安心坐下。

那是一枚形状奇怪的箭头，和我在爷爷骨灰中发现的那些箭头一模一样。那些箭头在爷爷体内藏了那么多年，他都没有对任何人提起过，我们怀疑这些箭头来自某个不知名的古墓。而这个古墓，一定和最核心的秘密有关。

我还记得开棺看到爷爷的骨灰坛时，我自己的精神状态，如今看到这枚箭头，仍然感觉心里压抑。箭头锈得厉害，上面还有很多腐朽的木皮，应该是从木料之中取出的。我看向小花，想听他说出来龙去脉。这枚箭头，是从何处取得的？

小花告诉我，这是从一个老乡家里找出来的。自从吃过亏，我都习惯事先在老乡家里搜一遍东西，从搜到的东西里能看出很多的文章来。比如，这个地方以前的经济情况怎么样，有没有什么传说等，这些碎片很多时候能拼凑出很多信息。

"这人叫苗学东，老爸是林场的工人，这枚箭头是从一根朽木中挖出来的，是他老爸在锯木头的时候发现的。他说这样的箭头，在他们林场的一些老木头里时常能找到，都烂成疙瘩了。"

"林场？"胖子转头问大姐："大姐，你们这儿还有林场呢？"

"东北哪能没林场？"大姐头也不抬。

"还在砍树呢？能给咱们子孙后代留点儿树吗？"胖子怒道，"你不知道树能产生氧气吗？没氧气胖爷怎么活？"

"你有能耐你去林场号去，又不是我砍的树。"大姐大怒道。

胖子嘀咕着，回头看小花："这大姐知道林场在哪儿，待会儿让她带咱们去，阿花你接着说。"

"我不叫阿花。"小花抚了抚额。

我点上了烟，让胖子别打岔。

"那林场的地下有很多枯木，挖开地面，能看到一层一层的烂木头。"小花说道，"都是当年建设兵团从深山里运出来的，因木质或者调度问题没有被加工、运出去，堆积太久之后就腐烂了。苗学东说，那些木头里肯定还有这样的箭头。"

树干中有箭头，不知道是在哪个朝代发生的战斗中射入树干的。如果大量的树木都有，那这些树木应该来自同一个古战场。从箭头的制式看，有可能是当年蒙古人和万奴王在最后那场大战时使用的。

我们几个人对视了一眼。

有一件事情我们之前一直在整理，就是我们通过哪条路径再进去。事实上，地貌已经发生了翻天覆地的变化，和上一次来时完全不同，我们不可能凭借记忆再次找到云顶天宫，且不说这一次小哥还不在我们身边。

最好的计划是通过我们出来的那条裂缝进去，但问题也是一样，裂缝所在的地方因为时间隔了太久，雪山变化，也几乎不能凭借记忆找到。我们首先要做的就是全面勘探四周的地形，弄清楚云顶天宫整个的修建逻辑，寻找最短的路径。

但这件事情我不能告诉手下，如果老板都不知道路就带他们来了，是会军心不稳的。

好在我们出发早，我并不急，离约定的日子还有好久，我甚至可以在这里度个短假。

叫上人，让大姐带路，带着苗学东，我们就前往林场了。

车绕着山路开了好久，越开路越窄，好在这个年代没有土路了，水泥路直通到半山腰的一个大铁门门口。打开门，开车进去，里面是一片很大的开山开出来的平地，上面堆了零零星星的木头，苗学东说最近也没有太多木头了。

吉普车继续往前开，上了一条杂草丛生的泥路，很快来到了林场的后门，我们看到了一扇更老、更小的铁门。铁门完全生锈，上面爬满了菟丝子。一边铁门有一根转轴已经生锈断裂，另一边铁门几乎是挂着的，上面还有四个字——严防山火。爬满菟丝子的砖墙上，似乎有一块已经朽烂的板子。

"后面是老林场。"苗学东说，"东西在老场区。"

我们上去扯掉门锁上的菟丝子，那个年代的锁用料就是足，虽然全部锈了，但还是结实得要命。看林场里没人，我们用衣服包住手抓着菟丝子翻了过去，有人把工具丢了进来。

林场场区内都是过膝盖的杂草，我们能看到里面是一个小一点的全是杂草的广场，没有木头，只有几间低矮的厂房。

我刚想往前走,胖子就蹲了下来:"有问题。"

"怎么了?"我问道。

胖子看了看正在爬进来的苗学东,喊道:"这林场里发生过什么事情吗?"

第四章

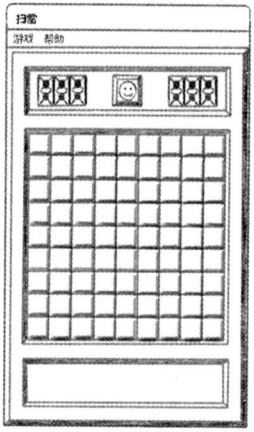

王
盟

WANG MENG

"发生过什么事?"苗学东很纳闷,不知道怎么回答。这是个本地的年轻人,显然不明白我们这些人在这里干吗。"没发生过什么事啊!"

"那你们干吗把这门锁起来?这里面什么值钱的东西都没有。"胖子说道。

"嘿,老板,你这关注点也太怪了。这里面难道还有野兽不成?"苗学东径直走入草丛里,一路走到广场的中间。

我点着烟,看着"严防山火"的字在各处都有,随手把烟掐了。

看胖子的表情,他一点也没有放松,苗学东莫名其妙地回头看着在门口纹丝不动的我们。

我蹲下去道:"胖子,要是真没事,咱们是一群神经病的名声肯定会在乡里传开。"

"天真,胖爷我打了半辈子手枪,视力会

下降，但是眼睛抓东西只会越来越毒，这地方不对劲。"胖子回头——他对我的伙计都很熟悉——叫了一声："坎肩！"

坎肩也是当过兵的，我的队伍里有不少退伍的，都散在这一行里，因听说潘子的事情而对我有好感，这才聚集过来的。潘子就是这样的人，即使不在了，影子和过去还是会成为一种力量。

"胖爷，您说话。"坎肩弯下腰。

"东北角那棵树，边上三寸，别打偏了。"胖子说道。

我和小花都看着，这么多年了，胖子严肃起来，还是要重视的。胖子刚说完，就见坎肩反手掏出弹弓，拉弓拉到极限，"啪"，一道破空声响起。这种土制弹弓威力极大，就听到"哎呀"一声，一个人从胖子指的那棵树后翻了出来，捂着脖子翻倒在地。

这人翻出来之后，广场四周那些大树后头的草丛里和灌木后，立即就有了动静，看样子

藏了不少人。

"自由射击。"胖子哭笑不得地看着站在中间的苗学东。坎肩用弹弓一个一个地把藏起来的人都轰了出来。每一道破空声后,就是一声惨叫,躲着的人被打中不同的地方,疼得上蹿下跳。

一共十七个人,全被打散了。这些人跑出来之后,有几个还想往我们这里冲,见我们几个甩出了甩棍,就改变了主意,回头往广场边缘的林子里跑,很快跑得连影子都没有了。广场中就剩下苗学东一个人,完全不知道发生了什么事情。

我们来到苗学东身边,就问:"这些人是谁啊?"

苗学东结巴道:"不……认识……不是本地人。"这时,林子里有人在叫:"吴邪,你他妈等着。"

我立即就想起来这人是谁了。

"我不可以有敌人。"这几年来我一直贯

彻这句话。因为我需要在这个事件来临的时候，获得最大的帮助，除去所有的阻碍。所有盘口的人全部出动，很容易让人觉得我发现了什么了不得的东西，从而引起行业内部的警觉，这个时候阻碍往往就会出现。

我没有精力再去对付这些人，所以我一直以来坚决不树敌，也常常倾巢出动，让人感觉我是好大喜功之辈，这都是为了不引起别人的注意。

但是，无论我怎么做，还是有一个人把我当成敌人。

而这个人，我无法对他如何。

他的名字叫王盟，我入行之时，他是我店里唯一的伙计。我回来之后，发现他在我铺子的原址上开了一家店，叫作王山居，他显然没有想到我会回来。

就像丧偶的人终于忘记了过去，准备开始新生活的时候，死去的另一半又突然出现一样，他对我的回归非常不适应。

吴邪不在的时候，王盟在各地都要受到"死去"老板的朋友和部下的照顾。吴邪回来了，王盟不再是王老板，似乎得回到柜台后面扫雷去了。不过，经历了那么多，这小子才第一次开始抗争。

他知道我太多的事情了，但他带着乌合之众不像是来找我置气的，也不知道他到底想干吗。

他能照顾好自己，我决定暂时不去理会，摆头让所有人抄起家伙，问苗学东："怎么整？"

"这底下全是烂木头，挖开就是一层一层的，这么多年都埋在下面。我爸说，他记不清木头是从哪儿伐来的，但是他记得他是在林场的东北角发现这箭头的。"

我们来到东北角，开始挖地。小花看着王盟跑掉的方向，有些发愣，忽然说道："你们看这座山，像什么？"

第五章

铁轨

TIE GUI

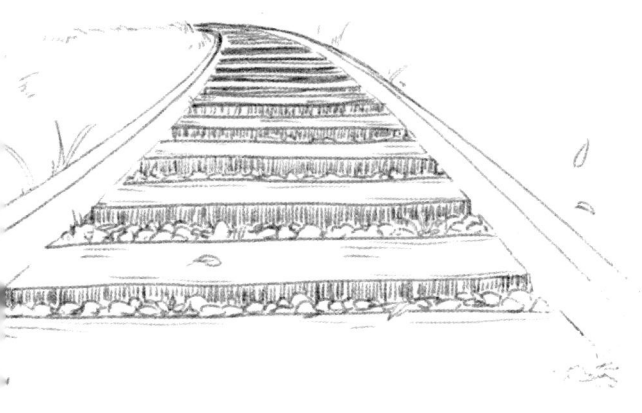

我顺着小花的目光望去，我们在山腰，能看到山坳对面的山，山势挺拔，长的都是树龄不长的小树。因为这里以前是林场，附近的树应该已经被伐过一遍了。这座山不大，并无什么奇特之处。随即，我就看到了小花说的那座山。

在我面前这座山的后面，很远的地方，有一座大山，大山隐没在云雾中，能看到山顶有白雪。

这座山看着离我们就很远，俗话说"望山跑死马"，目测都这么远了，实际距离可能更夸张。山的形状很像一枚印玺，这就是吸引小花注意的原因。

"这座山跟我们要去的山在不在同一个方向？"

如果这座山在三圣雪山附近，或者在同一条山脉上，这个形状就可能不是巧合。

小花用手机把山拍了下来，问苗学东那是什么山。苗学东摇头："现在年轻人都把目光往外看，谁还关心家里的山？而且这种山这里有的是，得问老猎人才知道。不过现在应该找不到老猎人了。"

十年的时间可以改变什么？当年我们进到这种地方，还能找到老猎人。八十到九十多岁的，往往还能寻访到一些。十年之后，那些老猎人，可能一个都没有了。

有时间的话，我们可以花一周时间往里走走看，靠近这座山，应该能看得更加清楚。

挖掘还在继续，地表已被铲开，挖下去一米多就开始出现碎木头，腐烂的木头碎屑和泥土混在一起。木头虽然已经腐烂到松软，但要挖开还是很困难，时不时会碰到中间坚硬的部分。很快，这些人都筋疲力尽了，我们已经算是体力非常好的城里人了，但纯体力活儿还是超出了我们的想象。

一直挖到天黑，结果只挖出一个看上去很

寒酸的大坑来。想想当年秦始皇挖个陵就要动用七十万人，看来也是不得已的。

我又叫来另外一队人，后来干脆就搬来帐篷在这里睡下。我生起篝火，一边还有人像淘金一样用筛子筛这些土和木头。

挖到六米左右，下面就没有木头了，那就再往边上挖。天亮的时候，有人把睡袋里的我摇醒，让我看发现的东西。

又一枚箭头，还是湿的，应该是刚刚筛出来的，我出去在晨光下看，和我爷爷骨灰里的箭头一模一样。

整个林场已经被挖得不成样子了，这枚箭头是在最开始挖的地方十米外的地下被发现的，同时挖出的还有很多落叶松的松球，说明木材是落叶松。

"至少咱们知道了这些箭头射入树干的地方有很多落叶松，按照这里原始丛林的保有量，咱们需要搜索的范围已经减少了一半，只要二百年就可以找完了。"胖子说道，"胖爷我从现在开始每天打打太极拳,能帮你对付三十年,剩下的日子你加油!"

我白了他一眼,抓了一把筛出来的各种松球壳、小石头,说:"如果能知道当年伐木的路线,范围还能缩小。"实在不行,只有按原路硬上。那条路我还依稀记得。不过,如果是这样,现在就得出发了,因为一旦下雪,地貌会变化,让人无法分辨。

"找一找这里的地下,应该有荒废的铁路。"小花忽然说道。

我们转头看他,他道:"所有的林场都通铁路,林场的木头需要小火车运出去,铁道兵在前面架设铁轨,后面的建设兵团跟着伐木和建设林场。"

这里的小火车是指专门用来做特种运输的火车,比正常的火车小很多。

坎肩一声令下,这批伙计丢掉家伙就开始在草丛里找铁轨。

很快就找到了铁轨,轨道已经生锈,下面

的枕木还在，枕木下面是碎石头。这里也长满了杂草，但因为是碎石，杂草稍微稀疏一点儿。

铁轨横穿广场，一头通到一幢已经没有顶的破败砖屋内，另一头往王盟刚才跑的方向延伸过去，深入深山。

"我们顺着铁轨进去找吗？"坎肩问我，"路可不好走，要么就直接出发去云顶天宫，这些箭头查清楚了，并没有实际的帮助吧？"

我并不是在查箭头，而是在找一条最安全的路。

"那是云顶天宫，不是路边的野坑子，你这种态度，未必能活着回来。"我拍了拍他身上的灰，"不会耽搁多少时间。"

坎肩点头："需要不需要动用吉普车？"

我"嘁"了一声，越野吉普车进到这种山里，其实十分危险，因为东北的山里有太多的泡子，车一进去直接没顶，四驱五驱都没用。我转头问小花："你财大气粗的，知道哪儿有卖火车的吗？"

第六章

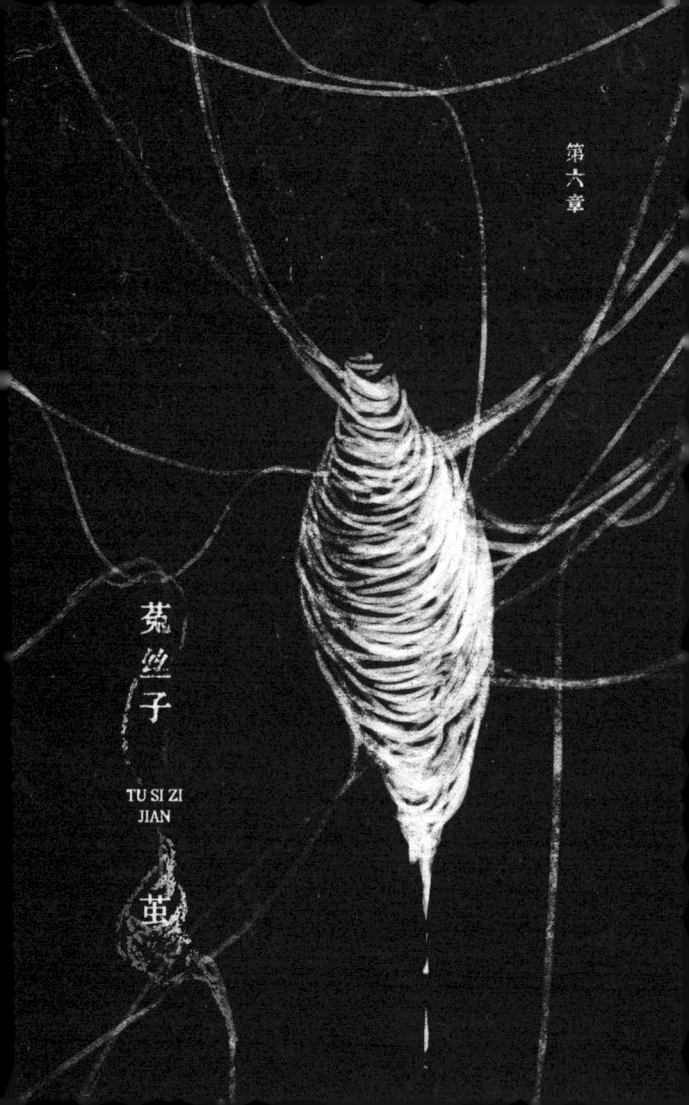

菟丝子
TU SI ZI
JIAN
茧

小花冷冷地看着我,显然不想理我。其他人则期待地看着小花,希望他真能买一列火车来,行路进山我们太久没干了。

"专心点儿。"小花后来说。

他确实老是提醒我要专注,这个其实也是让我撑下来的原因之一。最后,当然没有买火车,我清点了人数,一共十二个,还找人借了将近二十匹骡子,一边骑一边驮着补给,我们就出发了,沿着火车的铁轨一路往里走。

十年过去了,这样的旅程我已经非常熟悉了。我穿上已经很旧但还是特别好用的冲锋衣,整理好所有的鞋子、帐篷、防蚊器械,三把大白狗腿刀入鞘,分别横在骡子背上、自己腰间和背包侧面,小满哥带着三只吃饱的獒犬,我们一行就往原始丛林里去了。

一路无话。走了四天,已经进入原始丛林腹地,只路过了一片看上去明显树龄不够的松树林子。小花说不可能是这儿，但是以防万一，我们还是找了一圈，并没有发现什么特别之处。但我和胖子对视的时候，都知道，这附近有一种熟悉的气息。

虽然地貌已经完全不同，但这里的山势有淡淡的熟悉感，应该是回到了当时的路线附近，而且就是当年我们逃出来的时候，出口附近的那块区域。

我们并没有看到这里有任何缝隙，但山体缝隙很容易被植物根系腐蚀而坍塌，也很容易被泥石流覆盖。

"这片被砍伐过的林子离林场只有四天的路程，我们上次走了一周才出来，我们出来的那个口子，应该就在从这里辐射三天路程的区域内。"胖子轻声和我说。

于是，我们继续前进。

晚上的林子又潮湿又阴冷，我们燃起篝火，煮上方便面。小满哥每天都有收获，不是野兔就是山鸡。坎肩和胖子都好野味，两个人每天烤着不同的东西吃。我这几年已经吃不了太多肉了，只能吃一两口。

搜索一周之后，我们来到一处山坳，胖子首先"咦"了一声，其他人也全部停了下来。

山坳之中有一团巨大的菟丝子，密密麻麻，像一个巨大的茧。这团菟丝子的周围有很多"毛棍子"，就是因被菟丝子完全缠绕而死去的枯树。菟丝子也都死了，黄黄的丝帐一样的一大片。地上的野草枯萎发黄，但是特别高，显然枯萎之前疯长过一阵子。

我们都被这个菟丝子茧吸引住了，走近看时，发现这个茧实在巨大，里面似乎有一块巨石。

"应该就是这里了。"我的直觉告诉我。四周是一片松树林子，稀稀拉拉的，两边山势平缓，这块石头突兀地出现在山坳里，显得非常奇怪。

我们开始用金属探测器扫描地面，很快就有发现，翻起土表筛土，没多久就筛出了一些铁疙瘩，不是古代铠甲的碎片，就是兵器的铁渣、箭头之类的。

"是个古战场。"胖子做出霍去病的样子，转头指着一面的山，"这块巨石应该是在一边的山上，蒙古人的队伍进到这里之后，万奴王的军队推下这块巨石，然后跟着巨石冲锋下来。"

是埋伏战吗？是的话，应该有很多落石才对。只有一块巨石，应该是攻坚战。我看向胖子指的方向，说道："万奴王的军队在守一处重要的地方，蒙古人攀山进攻，马上就要攻破的时候，一块巨石一路碾下。我们从这里上山，大家放亮招子，山头上肯定有东西。"

第七章

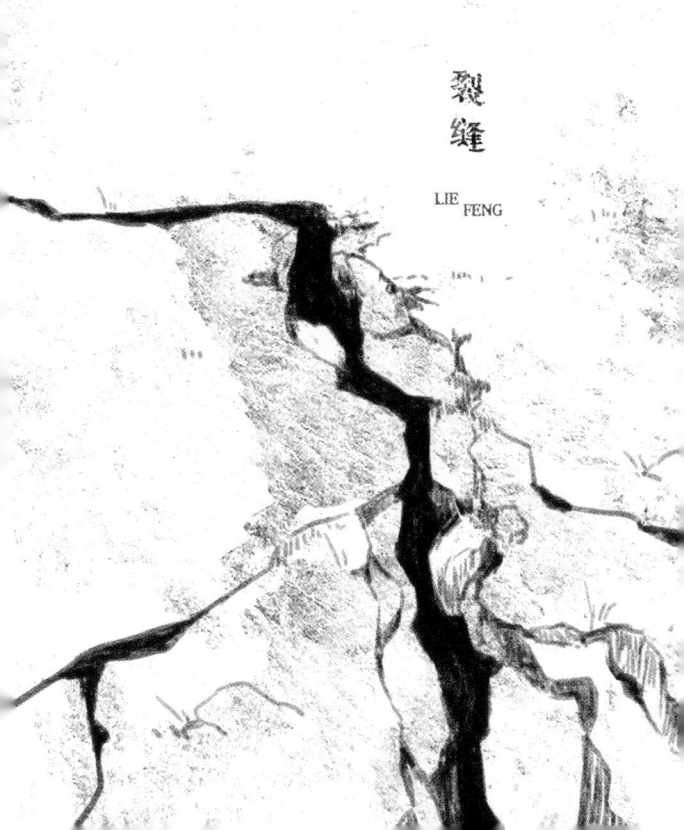

裂缝

LIE FENG

从山脚下直线爬上山头，这对于普通人来说极为困难，但是对于小花这种可以在悬崖甚至反坡上攀爬如飞的人，这种攀登就和玩似的。

十分钟后，小花已经远远爬在了前头，我们一行人看着他踏春一样的行径，非常愤慨。

"年轻人就是腰好。"胖子喘着粗气说道，他的体力已大不如以前了，"想当年，我在东北倒斗的时候，这样的山一天七上七下，都不带出汗的。"

"胖爷，您之前也在东北混过？"坎肩想帮胖子背东西，被胖子一手推开，坎肩就接着问，"那您知道不知道东北的'四大舒坦'是什么？"

"这谁不知道啊。"胖子道，"他娘的不就是穿大鞋、放响屁、坐牛车、看大戏，我告诉你，其他我不知道，放响屁这事，有一次差点儿把你们东家的小命放没了。胖爷我还是一如既往地贯彻这个革命传统。"

"牛，胖爷果然见多识广。"坎肩拧开一瓶白酒，"我也在东北混过，我和大哥心连心，必须喝一个，来来来来。"

酒很香，不知道是什么酒，坎肩把胖子身上的装备接过大半，顺手把酒递给他："胖爷，踏实喝。"

我赞许地看了坎肩一眼。胖子抿了一口酒，打了个激灵，夸我道："你比你家三叔厉害，你看你这些伙计，个个人精似的。坎肩，等进去胖爷给你摸好东西，保证比你东家的货色还好。"

刚说完，其他人立即上前，递烟的递烟，接背包的接背包。

小花在上头打了个呼哨，我们加快了速度，来到山头附近。正值日落，从树干之间望出，夕阳晚照，整个山谷铺满霞光。霞光映在莽莽山林之上，树冠上每片叶子的下面，都好像有一群金色的萤火虫，硬是有了波光粼粼的效果。

这时月亮已经升起，气温下降，满身的臭汗让人感觉有点发凉。

从这个位置看下去，能看到一条清晰的轨迹，据此可知道山下那块巨石是如何滚落的。因为山上隔着一段距离就有一个巨大的凹陷，显然是因巨石翻滚而形成的。

"这山谷之中菟丝子长得那么茂盛，会不会因为这里曾经血流成河，土壤里全是蒙古人的尸体？"坎肩问。

"打住。"我说，"他娘的，这几千年前的事情别往今儿个说。这里面必然有原因，我们只要继续在这里探索下去，总能有发现。"

我们所处的坡上都是碎石和沙土，树木不高，胖子向我点头，之前我们在云顶天宫附近的山上也看到了这样的地貌，如果万奴王曾经在这里据守，那么守护的东西应该就在我们脚下的碎石下面。

伙计们扯出雷管和火药，我离得远远的。胖子发自内心地爱炸山这项活动，伙计们也都很兴奋，就像过年要放鞭炮一样。

我和小花合计了半天，来到一边的林子里，这地方最安全。我就喊："小心山头崩下来把你们都埋了。"

"哎呀，放心，现在这叫定向爆破，爆炸往地里打，把碎石炸开，直接炸出一个深坑。"胖子道，"胖爷我的技术，你们还不了解吗？"现在使用炸药的技术的确远比之前的先进。

我和小花往林子边缘退，我挠着头还是觉得胖子要出事。忽然，小花猛拍我的肩膀，我转头一看，立即叫胖子停手。

原来我俩一路后退，不知不觉退到了一条山体裂缝的边缘。这条裂缝如此突兀，一看就知道成因有异。

第八章

活水

HUO SHUI

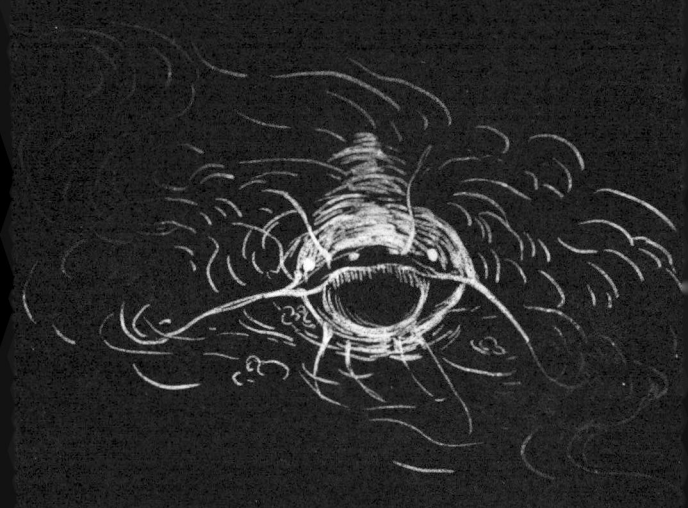

胖子走过来看这条裂缝，裂缝大概两人宽，山岩露出，相当夸张。这种裂缝除了地震不可能有其他的形成原因。

因为形成时间久远，所以裂缝壁上长了很多小灌木。裂缝往下极深，我踢了块石子下去。它一路撞击壁石，我们能听到很深处还有撞击声。

这一道大山上的伤口，似乎通往山的中心。

顺着裂缝往上走，缝隙越往上越宽，一直往山顶裂去，看来这条裂缝再发展下去，会变成一道一线天一样的地貌。裂缝中鸟粪和泥土形成一块一块的植被区，越宽的地方，植被越高大，甚至长有碗口粗细的松树。

再回到发现裂缝的地方，小花小心翼翼地踩着石壁上突出的岩石往下爬去，速度很快，下到黑暗与光明交界的地方后，他打开手电。

"水！"他失望地喊道。我同时也看到了

水面特有的反射光。

我深吸了一口气,有水说明下面被堵住了,可能是落叶和泥沙混在一起,然后经过雨水浇灌,形成了裂缝里的水池。

不管这里是不是通往地下的一个入口,肯定也无法进入了。

"水是活的还是死的?"胖子问道。

"怎么看?"小花问道。

"你整点儿头皮屑放到水里,看它们是不是在缓慢地流动。"

"我没有头皮屑。"小花怒道。

"少他妈废话,是人就有头皮屑,又没人会笑话你。"胖子道。

沉默了半响,小花在下面叫道:"是活水。"

胖子看向我,轻声说:"是活水说明是地下水,这里温泉很多,到处都是地下水系,我们上次去的那个皇陵是有护城河的,说明那个巨大的地下火山口中也有暗河存在,这是个线索。"

我点头，知道他想干吗，于是招手让人扛上来一个木桶。桶中有几十尾八须鲇鱼，每条八须鲇鱼的鳃上都有一个GPS（全球定位系统），都是在那些从华强北花80块钱批发来的电子表上拆下的，用蜡封好了。桶吊下裂缝，小花把鲇鱼全部倒进水里。

"可惜了。"胖子心有不忍。我挺惊讶的，年纪大了，是不是都会心软一些？胖子就道："辣椒放蒜头炒了之后放汤，味道肯定好。"

当天就不炸山了，怕裂缝扩大，山体开裂塌落，小哥还没出来，我就先长眠在此，太亏了。

回到山下，我们砍了一些枯树和菟丝子生起火，等着第二天看结果。

胖子想探究这里菟丝子为何如此茂盛，没有什么结果。我一直闭目养神，一夜无话。第二天早晨，我估摸着时间差不多了，打开了电脑，看那些鲇鱼的下落。

出乎意料的是，所有可以找到的鲇鱼信号，都分布在一个狭长的区域里。那个区域像一条蜈蚣一样，在离我们十几公里的地方。

GPS信号只有露天才能被识别，这说明鲇鱼所在已经不是地下，可能是和地下河相连的地面河段或者是山中露天的水塘——一个狭长的区域，最有可能是露天的河滩。胖子觉得没意思，坚持要在这里炸山，我和小花一合计，不管怎么说，必须去看看。

于是，兵分两路，我和小花带着坎肩去GPS信号所在地。

翻过山头，我以为会看到一片湖泊或者一条小河，结果看到的是一片森林，植被非常密集，没有任何水系。

"奇怪。"我看了看iPad上的信号分布，鲇鱼就在这片森林里，难道这片林子里有小溪不成？但我们肉眼什么都看不到。

日落之前，我们走进了这片森林，森林中繁茂的灌木和松树之间的地面上爬满了菟丝子，犹如一张巨网铺在地上，长到腰部，让人难以行走，坎肩只得用刀开路。

我越发觉得奇怪。越往里走，枯树越多，菟丝子顺着地面爬行，铺了厚厚的一层，几乎覆盖了整个林子的地面，而我们也看到了在这些菟丝子包裹中的，是一口一口破败的古井。井与井之间不过一丈左右，数量成百上千，犹如一个一个坟头。

第九章

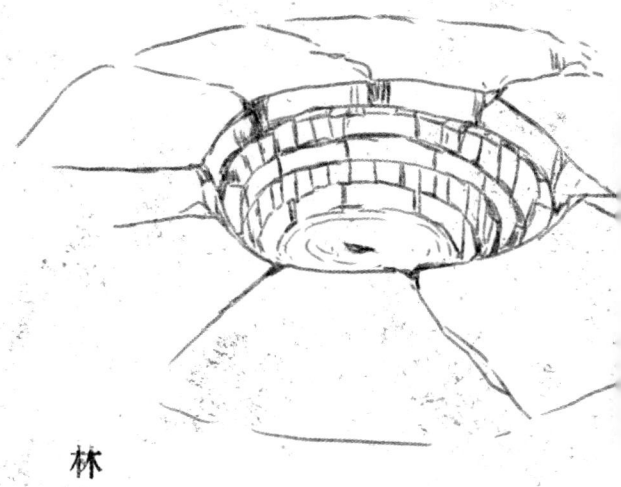

林中古井

LIN ZHONG
GU JING

坎肩看到这壮观的景象，半天说不出话来。

小花看了我一眼，眼神中有很多意思，这荒郊野外，会有这么多的古井出现在同一个地方，也确实离奇。

"当年万奴王的部落隐藏在这里，想必也不会常年躲在地下。太平日子里，部落里的人在地面活动，确实需要凿井取水。"

"这是凿井取水成瘾了吧，这么多井口，整块地都挖成麻子了。"我默默地数了数我肉眼能看到的井口，不下百来口。

"会不会挖完一口，取水取干净了，再挖下一口？"坎肩问。

"地下水都是连成一片的，又不是猪尿泡。"我来到一处井口，拔出一把大白狗腿刀，砍掉上面的菟丝子，把被遮盖的井口露出来，很多菟丝子都爬到了井内，井不深，下面全是落叶，已经没有水了。

我看了看 iPad 上的 GPS 信号，那几条鲇鱼就在这块区域，难道落叶之下是水？

坎肩找了块砖丢下去，砖扎扎实实地落在了落叶上，是实地。

井是普通的石头井，用碎石头一圈一圈围起来，上面都是青苔，我爬上去想跳下去看看，被小花拦住了。

"你要不要这么拼？"小花皱眉看着我，"你不是来送死的。"

坎肩就点头道："东家，送死我去，背黑锅你来。"说着就跳了下去。

下面的落叶很厚，他一下去就没过了脚踝。坎肩直接踹开落叶，就看到井底落叶下有很多陶土坛子，似乎大部分都是破的。

坎肩翻起一个相对完整的丢上来，我一下认了出来，这是泡猴头烧的酒坛，之前在墓穴中见过不少。

东夏人爱喝这种酒，难道这些井都是用来冰镇烧酒的？这里的地下有雪山融水，冰冷刺骨。

"讲究，真他妈讲究！"小花看着那些井，竟然露出了少许羡慕的表情。

"你这个资产阶级大毒瘤。"

"人追求一些小小的幸福，比如说在夏天喝到冰镇的烧酒，并没有错。在这种大山里，没有这样的东西，人是很难熬的。"小花闻了闻罐子，还想嗅出一些酒香来。

罐子下面的沙土是干的，这里的井水，早已干涸数百年了。

被菟丝子绊着，我们一刀一刀砍去，一个一个井口找过去，都是一模一样的情况。一直走到井林的中间，眼前忽然豁然开朗，林子一下子消失了，原来这里是一处干涸的河床。

摸摸土，河土干了不知道多少年了。对面的林子一样茂密，但是河床中都是碎石和灌木。

四周的黑暗已经压得很低了，空气也越来越凉。

"鲇鱼能在这么干的地方爬吗？"

"当然不能。"我暗骂，心想，鲇鱼精还有可能。

"那这几个信号……"坎肩挠头，"这些鲇鱼在哪儿啊？哪儿都没水啊！"

小花摸了摸下巴，忽然道："不对，难道是这样？"

我看向小花，小花说："有什么东西把那些鱼都吃了？"

第十章

荧光

YING GUANG

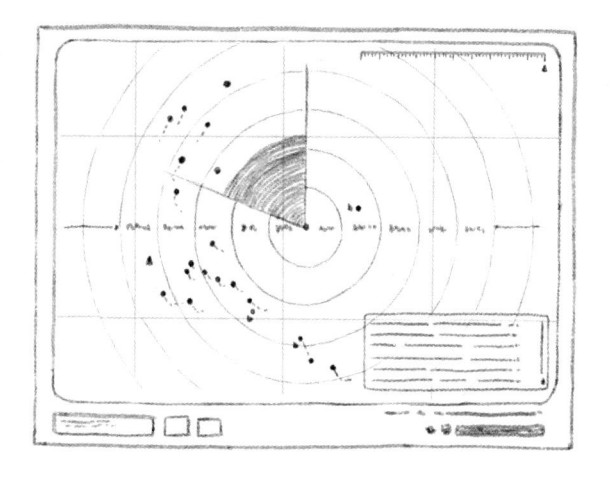

什么东西把那些鲇鱼吃了？我第一个反应竟然是胖子，心想，难道胖子不甘心，趁我们不注意，赶在我们前面把鲇鱼逮回来吃了？如果是这样，我一定要掐死这个老不羞的。但想来又觉得不可能，别说找不到这些鲇鱼，就看GPS信号分布呈条状，绵延十几米，胖子可不是那个体形的。

"会不会是你说的那种蚰蜒？"小花道。

我点头，觉得也许是，林子已经完全黑了，这种虫子是夜行动物，如果此时遇到蚰蜒，后果不堪设想。

经历的死亡多了，我经常会预想我死后的情形，如果死在这里，只能把火化了的蚰蜒屎放进骨灰坛里，我家里人不知道会作何感想。

"伯父，这是吴邪的屎灰盒，你们节哀。"

胖子真做得出来这种事情。

这片林子位于山谷，此时再回山上已经来

不及了，我们找了一棵大树爬上去。

树上都是菟丝子，这种植物会爬到树冠上头形成纱帐一样的一层，对宿主伤害很大，但正好方便我们隐蔽。

月亮开始露出云层，山谷被照得亮白。小花喜欢高处，在我上面的树丫上靠着。他翻了翻手机，应该是没有信号，于是沮丧地抬头从菟丝子帐下看夜空。

"你说,他还会不会记得我们？"小花问道。

我知道他是没话找话，这么多年的默契了，其实安静的时候不用说话。

"他记得不记得无所谓，我都不记得以前的自己是什么样子了。"以前的日子都历历在目，就是自己的面目模糊不清，人大多是这个样子。

"如果他不记得我们，也许会绕开我们离开，他未必会从青铜门的正门出来。我们这么多人冒险，连个影子都抓不到。"

"所有人来这里都有自己的目的。"我道，

"他们都不会白来的,同样,不管接到接不到,我也不会是白来一趟。"

青铜门还有后门的话,我也是服了,就释怀吧。我心里对自己说道。

小花掰了一块干粮给我,是特制的压缩饼干。小花的东西比我的好吃多了,我嚼了几口,月光暗淡,天空中开始出现星星。

与此同时,我看到我们身下的林子底部,也开始出现一点一点的荧光。

这些荧光以井口为中心开始蔓延,数量之多,就好像从那些井口喷涌出一条一条的绿色光带一般。

我端坐起来,忽然灵光一闪,这里的菟丝子长得那么茂密,难道是这些东西不停地上树,把种子带到这些树上的?

夜空中月朗星疏,整个山谷也被绿色的荧光布满,其中还有不少红色的荧光,像一只只眼睛。但是我们无法欣赏这奇景,因为这些荧光开始密集地往树上移动过来。

"火油！"我喊道。

坎肩从背包中翻出喷漆瓶，对着我们的树干下方喷火油，我翻出打火机，双脚挂住树枝倒挂下去，直接点着火油。

火油烧起，在树上形成一条小小的屏障，接着"咔嚓"一声，我挂住的树枝断了，我整个人摔了下去，摔进这些光点中间。

他妈的，我是不是胖了？我心中暗骂。

我毫不犹豫，直接翻起，用打火机一照身上，满身的蚰蜒。这时，坎肩把喷漆瓶丢给我，我把打火机往前一扣，做了一个小型喷火器，对着自己身上开始喷火。喷了几下，在燃起的火光中，我忽然发现不对。

在我前面的黑暗中，大概三米外的树后面，好像站着什么东西，是一个人的形状。

第十一章

蚰蜒

YOU YAN

"坎肩，八点钟方向，树后面！"我一边喝道，一边用喷火器喷爬上来的蛐蜓。这些蛐蜓都有小龙虾那么大，如果不是以前经历过，我的汗毛都能把自己竖死。

不过，好在蛐蜓的脚和触须很容易被火烧焦，火扫一遍，它们就全部掉落在地。要命的是，烧了之后，它们散发出一股奇怪的味道，竟然有些蛋白质的香甜。

这些年过去，我的鼻子已经没有那么灵光了，医生说其实我早就闻不到什么味道了，这些味道都是自己凭借视觉生成的感觉。

地下的蛐蜓和树叶的颜色几乎无法分辨，从火光中看下去，就觉得满地的树叶在蠕动，无数的毛混杂其中。

坎肩在树上拉开弹弓，破空声响后，弹珠打中树后的人影，他身上稀稀疏疏的小黑毛震动了一下，显然身上爬满了蛐蜓。

我知道弹弓的威力有多大,但那影子纹丝不动,没有任何反应。

我抽出冲锋衣连帽的松紧带,把打火机绑在喷漆瓶前面,一边跺脚,一边反手抽出大白狗腿刀,在手里打了个转儿,黑瞎子每次教我用刀,都有这习惯,这是个坏习惯,但我还是学会了。

逼近到一米左右,眼前一片漆黑,在喷火的间隙,我看到了树后一团爬满了蚰蜒的人影。不,或者说这个人形基本就是蚰蜒盘绕组成的。

不是高智商爬行动物,学什么黑飞子?我心想。接着,我就看到蚰蜒爬动的缝隙中,有一只血肉模糊的手。

这只手有两根手指很长,凭着黑暗中每次闪过的火光,我还是清晰地认出了这个特征。

我脑子"嗡"的一声,大叫了一声:"是小哥!"

小花在树冠上立即爆粗口。我也顾不上小花,把刀往地上一插,冲到那人影面前,双手并用，一手拨拉，一手直接狂喷火，把这人身上的蚰蜒全部烧走了。

一具满身伤口的尸体顺着树滑倒下来，我看到他的衣服、他的手指、他的头发，都和小哥很像。

他已经死了，嘴巴张得巨大，我捏开下颌，发现嘴巴里全是蚰蜒，显然是因被蚰蜒堵塞气管而死的，尸体还有体温，刚死不久。

不是小哥，他身上的肌肉质量远远不如小哥。

就这么一会儿，蚰蜒爬满了我全身，开始往我的鼻孔和嘴巴里爬去，我用手臂蹭开，去看尸体的手。小花来了，在我身边插上冷焰火，把虫子熏走。

尸体的手指是假的，我用力一扯，假手指就被我撕了下来。

我扯掉尸体的假发，认出了这个人，他是王盟的手下。

"狗日的。"我发自内心地恼怒，我对着

林子里狂吼,"我操你八辈祖宗!"

骂声在山谷中回荡。

王盟肯定一路跟着我,他让他的手下假扮成小哥想干吗?恶心我吗,还是想把我引到什么地方去?

如果不是蚰蜒突然出现,在黑暗中,我真的可能上当了。

回身从地上拔出刀,我划开自己的手,在小花脚踝上抓了一个血印,蚰蜒开始退开。我把血甩在地上,拔起冷焰火。

"你去寻仇吗?"小花冷冷地问我。

我看着小花,淡淡道:"他肯定在附近,凭他的智商肯定活不过今晚,我得把他找出来,最后再救他一次。"

第十二章

救人

JIU REN

刚才我们上树没多久，这些蚰蜒就涌了出来，应该是这个人偷偷在林中行走引起的。我回忆蚰蜒出现的顺序，第一个出现蚰蜒的井口，是在东南边，那这个人是从那儿走过来的，王盟应该就在那个方向。

手心的伤口特别疼，愈合需要好久，我真的不想现在就用这个方法，但是也没有其他办法了。

"东家，我需要下去吗？"坎肩在树上问。我道："你要能自己搞定你就待树上。"

坎肩跳下来，来到我面前，盯着我的手。我给他也弄上，他第一次看到我的血，很兴奋。

"我不洗手了。"他道。

"别扯淡，做不到的事情别说。"我道。开堂口时，多少人说着一起走下去，结果连半程都走不到。人的承诺大多基于一时的感动。

"你和王盟到底为什么会闹成这样？"小花从包里掏出他的棍棍，拧成一根长棍，顺手把四周碍眼不走的一些蛐蜒挑走。这根棍他都可以当筷子用，在他手里做什么都可以。

我知道他在问王盟的事，我顿了顿，回忆起来有点疲倦："人想成为什么样的人，和能成为什么样的人，是完全不同的两件事情。"

说着，我拉紧裤腰带，对两个人点了一下头，三个人开始在林子里加快行进的速度。因为满地都是菟丝子，照明只有我们的冷焰火，所以即使跑起来速度也不快，跑了一段就发现，整个林子里的树上树下、灌木丛里，全是星星点点的荧光，似有无数的萤火虫。如果不是知道真相，我肯定感叹天下怎么会有这么梦幻的地方。

这里也都是落叶松，还有一些我叫不出名字的阔叶木，树木之间很紧密，两棵树之间有时候连一个人都挤不过去，菟丝子就在中间形成蜘蛛网一样的东西。

跑了十几分钟，就看到前面的树上有火光并传来吵闹声，我们靠拢过去，用望远镜看，就看到一棵大针叶松上，王盟一行人正在用火把逼退爬上来的蚰蜒。

火把快熄灭了,他和伙计们大呼小叫,互相推搡。松针刺得屁股疼,所以他们几欲摔下来。

坎肩想上去,我把他拉住,我的目光从王盟他们的位置转向后面的林子。我觉得,王盟四周的林子,和我们四周的不太一样。

说不出的感觉,都是松树的样子,但是枝丫的形状很怪,没有树木那种协调感。

我灭掉冷焰火,做了个手势,三个人蹲入灌木丛中,我通过望远镜死死地盯住王盟四周林子里的黑影。看了一会儿,连没有望远镜的小花都倒吸了一口冷气。

"那些树影在移动。"他轻声道。

是的,那边的树影在一点一点地靠近王盟他们,那些"大树"正在以肉眼可以察觉的速度聚拢。

我灵光一闪,拿出 iPad,看到所有的 GPS 信号点全部在王盟那个方向,形状已经变化,变成了一个圈状。

"不是树,那些是站起来的巨型蚰蜒。"我道。

第十三章

人面鸟

REN MIAN NIAO

"蚰蜒？"坎肩吸了下鼻子，"蚰蜒有树那么大？"

云顶天宫里，什么事情都有可能发生，不过像树那么大的蚰蜒似乎有些夸张了。

远处那些大树上面的枝丫极细，犹如蚰蜒像针一样的长脚，仔细看，更觉得那些树是上身仰起的巨大蚰蜒。

那边王盟还什么都没察觉，仍旧在大呼小叫，气得我想直接把他掐死。

当年蒲鲜万奴被孛儿只斤·贵由追杀到此，带女真的后裔迁入地下，他们发现这些生活在地热裂缝中的巨大蚰蜒时，大为震惊，于是将女真的神话和这些奇观联系起来。蒲鲜万奴和蒙古人在这片土地上决战，纵使有鬼神之力，但遭遇全盛时期的蒙古人，也只能兵败。蒲鲜万奴带着在边境掠夺几十年积累下来的金银玛瑙和剩下的族人逃入了地下。

难道是东夏人在此经营多年,借助山体裂缝挖掘通道,使得地下的蚰蜒都能跑到地面上来了?

狗日的,不要随便乱挖呀,我心里说。如果这些影子是像树一样大的蚰蜒,凭我手里的小破刀,不如直接让坎肩用铁弹子打碎王盟的天灵盖给他来个痛快。

"怎么办?"坎肩问我。我看小花,小花看我。

小花说道:"这时候是你的天下,你总能想出办法。"

我的刀在手里打了个转儿,没有任何办法吗?有多少次别人说没有办法的时候,我都觉得还有的是办法。

小聪明永远比不上老九门的大原则,但是当小聪明用来救人的时候,就被人称为奇迹。

我翻开自己的背包,把里面的干粮和杂物倒出来,然后一刀砍中一只蚰蜒,将头掰掉后丢进包里。坎肩看呆了,我让他别问,跟着干就好。

像切虾子一样切了一大包断头蚰蜒,断头的蚰蜒还能活很久,使得整个包都在动,蚰蜒的汁液浸湿了整个包。我把包背起来,一路跑往王盟的方向,一边跑一边问:"你的准头能保持多远,和我说一声。"

坎肩点头,小花已经明白我要做什么,说:"要快!"

"我知道!"我吼道,狂奔了足有五分钟,"停!这里!"坎肩猛停下来。

"上树!"

小花几下就爬上了树,把我们两个人也拉了上去,爬到和前面王盟所在树丫差不多的高度上。此时,我们已经离他们不远了,能清楚地看到火光。

那几棵疑似蚰蜒的巨木就在他们四周,在这个距离看,虽然仍旧看不清,但我已经能肯定那不是树,肯定是什么活物。

我扯掉伤口上的纱布,用力一张手,伤口开裂,血流了出来。我用流着血的手抓起一只无头蚰蜒,用力一挤,血和汁液混合起来,然后将其丢给坎肩:"打他们脚踝还有脸。"

坎肩的优点之一就是从来不问为什么。他把两颗铁弹子塞进蛐蜓体内,拉开弹弓"啪啪啪啪",不停地把蛐蜓球打出去。蛐蜓在空中解体,打到王盟身上的已经不多了。王盟立即发现了,四处观瞧。

我打起手电信号,他立即知道是我,破口大骂:"你有种别落井下石!"

"打他的臭嘴。"我冷冷道。

坎肩一弹丸就打在王盟嘴巴里,差点没把他呛死。

一包蛐蜓打完,打得他们鸡飞狗跳,但是我的血还是起了一点作用,王盟也发现了弹丸里的秘密,立即以以身殉弹的姿势接受弹丸的洗礼。

我打出让他们赶紧过来的信号,看王盟爬下树来,我就把手电丢给小花:"引他们过来。"

"你呢?"

那些奇怪的"巨木"开始摇动,它们显然发现了猎物要逃跑。我心想,我要看看这些到底是什么东西。我掏出腰间的信号枪,对着"巨木"打亮。

信号弹在空中爆炸,就像一颗缓缓落下的小太阳,我只看了一眼,连第二眼都没看,立即翻下树开始跑:"跑啊!别回头!"

那边的"巨木"上忽然出现无数的翅膀,一只一只大鸟飞起,那根本不是蚰蜒,就是一棵一棵的枯树,只不过满树的人面鸟站在上面。枯树支撑不住摆动着。

惊叫声中,已经有一人被抓到半空,是王盟的伙计。

我需要重火力。我心想,胖子你在哪里?

"到井里去!"小花在前面的黑暗中大喝。

王盟还举着他的火把。"坎肩,灭灯!"我大吼。破空声后,王盟的火把被打飞,随即他被从天而降的影子一下抓了起来。

几只人面鸟在空中争抢起了火把,我看到前面有一口井,凌空跃起跳了进去。落地瞬间,脚下一松,整个井底坍塌,我整个人掉了进去。

第十四章

口中猴

KOU ZHONG HOU

我一路往下掉，原来这下面有很多层石板，每一层上面都摆满了酒坛，难怪井那么浅。

我的体重加上上面坍塌下来的碎坛子，重量一层一层加重，一路坍塌，落到底部我都不知道自己摔了多少层。

一屁股瓷器碴子，都扎在肉里，我翻起来暗骂："出道以来，开哪儿哪儿起尸，踩哪儿哪儿塌。"不过也怪自己骨头太重，看着没什么肉，体重却不轻。

上头的亮光完全照不下来，洞里一片漆黑，我打开手电，转头就发现这是一条井道，四面都是青砖，特别窄，但是挺高的。

我是学建筑专业的，一看就知道修建的目的，是希望井中水位抬高，能从井口溢出浸没所有的酒坛。

井底的通道应该连通所有的井口，通道内特别干，已经很久没有水了。不知道这口井会通往哪里,我站起来,抖掉身上的落叶和碎瓷片,抬头用手电照亮井口。

我一照就看到一张巨大的人脸在看着我。

我竖起中指,它猛地张开嘴巴,一只口中猴从它嘴巴里吐了出来,一下落到我的面前。

我愣了一下,转身就跑,心想:年纪大了记性就不好,这鸟他妈是逆天的。

手电光影之下,我就看到通道里全是岔路,是网格状的,同时听到另外的人掉下来的声音。

"小花!"我大叫,猜是不是他,就听坎肩回道:"老板,是我!安全,它们进不来。"

"去你的,跑!"我大吼。

"放心,它们进不来,进来也跑不快!啊!这是什么东西?"坎肩不知道在哪儿惨叫。

"傻缺,叫你跑。"我一个踉跄,上面一个井口的酒罐塌下来挡住了去路。我回头一看,口中猴直接扑面而来,一下扑在我脸上。

我仰面而倒,手电翻转,变成一个电击器,对着口中猴就是一下。

口中猴被电得抽搐，翻倒在地。我起身对着它脖子就是一下，送它回了老家。因为刚才过电，我下巴也被电麻了。转头就看到黑暗中妖气涌动，有东西过来，我一抬手电，就看见密密麻麻的口中猴。

"阿西吧！"我"呸"了一口，转身继续跑。

"坎肩，死了没？"我大吼了一声。

"还没有！"坎肩大吼回来，声音在很远的地方，"再等一下，肯定会死！"

王盟的声音传了过来："人呢？人呢？"

声音就在我边上，我转身跑入岔道，一个趔趄滚了下去。妈的！竟然还有台阶。我翻身起来，正好和王盟撞在一起，口中猴瞬间扑了过来，两个人手忙脚乱踹飞了几只。我爬起来一下看到王盟的腰里别着一把"拍子撩"。

"有枪你跑什么？你个废物！"我拔出他的枪反身开枪，王盟大叫："不能用这枪！"

我扳机一扣，就听一声巨响，我整个人被后坐力掀飞出去，撞到墙壁上，手到肩膀一点感觉都没有了。

"你个傻缺,你在里面装了什么?"我喷出一口老血,舌根都咬破了,抬头一看,刚才扑上来的口中猴全部被打成血花了。我耳朵几乎听不到声音,跳几下后才开始有听觉。

"这里面的一发子弹是六发雷明顿子弹合起来的。"

枪头都已经开花了,我看了一眼王盟,他道:"做的人说只能打一次,所以我想在万不得已的时候留给自己。"

"最后一颗子弹留给自己?"

"是的。"

"你自杀用炮啊?"我瞪着他大吼,"你他妈和自己多大仇啊?你对自己脑门轰一枪就剩下个渣,知道不?人家不好收拾你,知道不?法医也是人,你知道不?不要给别人添麻烦,你知道不?"

王盟看了看被打成肉浆的口中猴,说不出话来,我把他提溜起来,这样下去不行,老子要开打。要抬刚才开枪的手,却没抬起来,我低头一看——手扭成这样多半是骨折了。

"难道真要在这里了断了?不会的,不会没有办法的。"我掏出一根烟,用还在发红的枪头点上,大喊,"天寿了,解雨臣,你他妈快来救我!"

第十五章

华容道

HUA RONG DAO

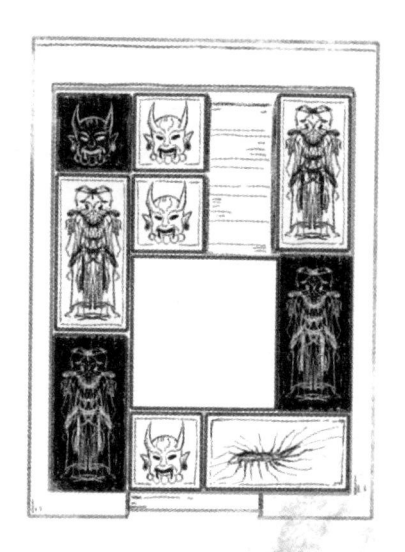

我自己的九门第一准则：遇到困难要第一时间找朋友帮忙。

寻求帮助其实是世界上第一技能，拥有这样的技能的人，几乎可以做成任何事情。

发动此技能的上一个技能叫不要脸。

吼完之后，就听到一连串夹子的声音，"咔嗒咔嗒"的，是小花的信号。

看来小花比我谨慎得多，信号从左边的井道中传来，我单手把王盟拎起来就开始狂奔。

四处都是爪子挠着砖面的声音，手电电击放电之后，光线暗淡了不少，我也不敢去乱照四周的井道，怕光斑把所有的口中猴都吸引过来。

所有人都知道小花的夹子信号的意思，"咔嗒咔嗒"的声音越来越强烈，我跑过一个路口，坎肩也冲了出来。他脸上全是血，被抓得都是伤口。看到王盟在我边上，坎肩直接一下把他推开："你死去！"

王盟被推了个趔趄，就想冲上去打，我跳起来拍他的后脑勺，三个人腿绊着腿全部翻倒。爬起来，我的脑后传来夹子的声音，很清晰，就在后面，我回头却什么都看不到。

黑暗中，无数口中猴挠着墙壁的声音越来越近，我们不敢再发出任何声响，慢慢地朝那边的黑暗爬过去。

我听到了呼吸声，压着手电的光亮照了一下，就看到小花和王盟的一帮手下缩在一个角落里，前面是用酒罐和碎砖头做的一道屏障。这道屏障把整个通道都堵住了，简直就是一堵墙。屏障中有很多缺口，好像碉堡的射击孔，王盟的手下都带着土枪，严阵以待。

角落里一个罐子被搬开了，形成一个狗洞。我们小心翼翼地爬进狗洞来到"碉堡"内，就发现他们窝的地方是一个井口的下方，这块区域堆满酒罐，像超市码堆一样一直往上，到井内把井道堵死了。有人正在把酒罐一个一个拿下来，堆到口中猴来的方向做掩体，把通道完全堵死,这样一边做防御,一边可以弄通上面的井口做出口出去。

"上面有鸟。"我用口型说,意思是"从井里爬出去死得更快,人家有空中力量"。小花用口型回道:"华容道。"

我秒懂,我们不是要出去,而是要到竖立的井道里。

在我们的下方,口中猴要搬开这些酒罐爬上来需要时间,就算钻过来,也势必不可能像在井道中一样,所有的口中猴一拥而上,我们可以各个击破。

在我们上方,人面鸟不可能从井口爬下来,它们的翅膀张不开。

这是一些在黑暗中活动的东西,我们扛到天亮就安全了。

这时,王盟的一个伙计开枪了,枪声震耳欲聋,所有人都一缩脖子。我透过"碉堡"的射击孔往外看,火光中,无数的绿光闪动,都是口中猴的眼睛。那伙计应该是被吓得走火了。

"你们有多少子弹？"我急问道。

"七发！"

"十发！"

"四发！"

"九发！"

我看向王盟："既然带了枪，你就不能多准备点子弹吗？"

"本来带了很多，后来在林子里打野猪，发现子弹全是假货，根本打不响，就最开始让我们试的那包子弹是真的。"王盟委屈道，"我们就把那包分了一下。"

"棒棒的。"我哭笑不得，看向坎肩。坎肩点头，把自己身上的坎肩翻过来穿，里面有特制的口袋，装着各种各样的弹丸。

"两千多颗，足够了，实在不够用，碎瓷片也一样。"说着，他把自己弹弓的弓叉拔高，里面竟然有不锈钢加固，然后从腰带上扯出一条红色的皮筋，解开之前的黄色皮筋，将红色的皮筋绕上去。

第十六章

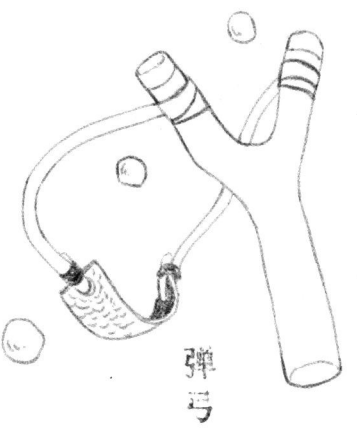

弹弓

DAN GONG
GAO SHOU

高手

坎肩来自弹弓世家，从小练弹弓，臂力惊人，他们家的弹弓皮筋有三种颜色：黄色的皮筋是用来打鸟的，威力一般；红色的皮筋，普通人的臂力根本拉不动，打出一颗铁弹子能打碎人的头盖骨；黑色的皮筋，我至今没有看他用过，应该是有特殊的用处。

我持刀和持棍的小花在前面，不知道什么时候我成为肉搏型兵种了，真是世事变迁。

"东家，帮我掌灯。"坎肩占住一个射击孔，小声道。

我来到一个射击孔前，先用手掌按住手电，把手电的光亮对准射击孔后，忽然移开手掌。

瞬间，井道被照亮，第一只口中猴就在我们"碉堡"四米开外，所有射击孔后的人都抬枪，抬到一半就听"呜"的一声好像飞机的破空声，那口中猴的头爆出一团血雾，整个头被打碎。

所有人都看向坎肩，坎肩非常潇洒地松开

手,手放开的瞬间滑过自己的衣服必然有一颗铁弹子入手,皮筋弹回他顺手接住,一钩一拉,每次都是一声呼啸。铁弹子滑过射击孔,震动边上的罐子,发出口哨一样的声音,然后就听到远处传来一声口中猴的惨叫。

然而并没有什么用,斑驳的手电光亮中,我们就看到最起码有几百只口中猴猛冲过来。

我无法形容这个场面,瞬间所有人都开枪了,第一批口中猴被打飞滚进猴堆里,但丝毫没有减缓后面口中猴前进的速度。瞬间,又有十几只口中猴冲到了四米开外,第二轮开枪把它们全部轰飞。几乎同时,甚至都看不到它们的尸体落地,更多的口中猴拥了过来。

所有的枪开始狂轰,有的口中猴撞上了"碉堡"外壁,外部的罐子开始破碎掉落。

所有的子弹几乎在三十秒内打完,只见血肉横飞,根本不需要瞄准,坎肩一抓三颗弹丸,同时发射,拉弹弓的频率到了极限。我看着摇摇欲坠的罐子墙屏障,对小花大吼:"挡不住!"

小花抬头看上面的"华容道",已经挖通了,只有井壁还有酒罐堆着,用棍子猛一撑,直接蹿了上去。他的双腿卡住井道两边,向下伸手:"上到井道里来,边打边退!"

王盟他们纷纷抓着靠着井壁的酒罐堆爬上井道,一只口中猴从射击孔里爬进来,冲向坎肩,我的刀在手里转了一圈后飞出去,把口中猴砍飞。坎肩翻出几只猪尿泡,拉起弹弓往地上一打,尿泡炸裂,水花四溅,臊气熏天。

我拔出另外一把大白狗腿刀,又拔回刚才甩飞的那把,双刀防御,大吼:"什么鬼!"

"熊尿!"一只口中猴从另一个射击孔爬进来,直接扑到坎肩脸上,他用弹弓一勒把口中猴扯了下来,"没用!"

就像挤奶油一样,所有的射击孔里都开始挤进口中猴,坎肩背上一下跳上来五只。我上去砍中两只,自己一下被扑倒。我爬起来回身一脚,把坎肩踢到井道下方,瞬间井道里伸下来六七只手把坎肩拎了上去。原来这群没义气的已经全部上去了。

我起身也爬了上去。坎肩大喊:"等一下,我封路。"他一下倒挂下去,对着刚才我们的掩体"碉堡"内靠墙的罐子堆一发铁弹子打过去,罐子堆一下子松动了,像多米诺骨牌一样发生连锁反应,四周所有堆起来的罐子开始往井底也就是我们下方的空隙坍塌,我们也开始把井道里的罐子往下抛。很快,井道底部被堵得严严实实,还能听到疯狂的撞击声,但是声音变得不那么真切了,我们所有人都松了一口气。

上面井口的石板还盖着,等于我们上下都有了屏障。

"捡回一条命。"

我看向王盟,王盟也看着我,两个人都太疲倦了。我转头看小花,忽然,整个井都震动了一下,似乎有什么庞然大物撞了一下我们脚下的堵塞堆。

第十七章

大白脸

DA BAI LIAN

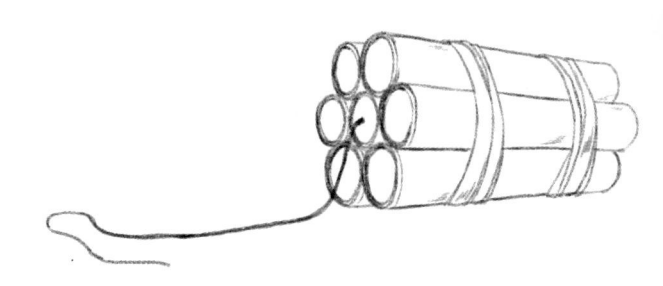

口中猴就算数量再多，也绝对不会发出这样的动静。所有人一缩脖子，都凝神看向我们下方，迟疑了几秒后，又是一下剧烈的震动，上头的灰尘全部震到我们头上了。

我的思维方式和别人不一样，所以陷入了深深的疑惑，因为我知道外面井道的宽度和高度，这种剧烈的震动，是一个质量很大的物体经过一定加速度之后撞进下面的瓦罐堆造成的。外面的井道宽度和高度都无法容纳太大的东西，我想不出这是什么。

我和小花对视了一下，他的眼神中也全是疑惑。

又是一下巨震，灰尘铺天盖地地落下来，夹杂着很多小虫子，我眯了眼睛，只得不停地甩头。头顶的石板开始开裂，接着，我们听到了上头石板被拨动的声音。

石板并不厚。

"是鸟。"王盟惊恐地说道。

我用手电照亮石板的缝隙，一下子看到一只呆滞的巨眼挤到缝隙中，金色的瞳孔被手电一照收缩了起来，接着就是爪子不停抓动石板表面的声音，灰尘散落下来。小花一棍子上去，上面一片混乱声，很快棍子被抓住了，小花只得用力抽回来。

又是一下巨震，缝隙开得更大了，石板上面的垃圾都开始从缝隙中掉落下来。接着，我们又听到了口中猴清晰的叫声，是从下面的瓦片堆那儿传来的。

撞击使我们的屏障开始坍塌，已经塌出缝隙了，口中猴在钻进来。顾不得头顶，我刚想说让人下去防御，王盟一下崩溃了，大吼了起来，跳下去捡起瓦片就砸地面，好像这样能把下面要爬进来的口中猴和上面撞罐子堆的怪物吓跑一样。

王盟吼了几分钟，真的没有下一次震动了，他的手下一看有用，也跳下去，全部吼叫起来。

几乎同时，一声巨吼从瓦片下炸出，地面震动，王盟和手下被震翻在地，我们也差点摔落下去。

那是一声凄厉的巨吼，近在咫尺，简直就像踩爆了一个高音喇叭。

我心想，糟糕！刚才的撞击确实不是口中猴发出的，而是地下有东西在撞击这口井底部的结构，难道这些井道下面还有空间？

接着一声巨响，地下的瓦片一下被拱起来，然后开始塌落。

底部被撞通了，不仅是堵塞堆，连同堵塞堆下面的地面都塌了，出现了一个黑洞，阴冷的空气瞬间从下面涌出，罐子和碎片哗哗落了进去。王盟和手下立即重新双脚撑住井壁才没滑进洞里。

屏障全部掉入下面的洞口，好多口中猴也掉了下去，但更多的口中猴抓着墙壁，直接爬上天花板，倒挂着爬进井道里，然后沿着井壁就朝我们爬来。

坎肩用弹弓对准下方的洞口,将冲进来的口中猴打落洞中,小花用棍子捅爬上来的口中猴,对我喝道:"看看下面是什么?!"

我用手电照向黑暗的洞口,只看到王盟他们扒在洞壁上,没有看我们,而是看着他们脚下,浑身都在发抖。我将手电的光亮移向他们脚下,看到一张大白胖脸探了出来。几乎同时,我闻到了一股黄色炸药爆炸完的味道。

我用手电照他,他眯起眼睛,骂了一句:"娘希匹,狭路相逢,不要开远光灯好不好,产业工人要有素质。"

刚才是胖子在我们下方爆破?他怎么到我们下面去了?狗日的这哥们儿终于还是爆破了。

"死胖子,你怎么从地下出来了?"我怒道,简直想用一种从天而降的掌法送他上路。

"待会儿告诉你!"胖子叫道。

第十八章

血战

XUE ZHAN

话音未落，一只口中猴直接扑在胖子脸上，胖子拿自己的头往井壁上一撞，把口中猴撞晕，直接抛入洞中。他回头一看，见四处不停地有口中猴从豁口中爬进来，抬枪就射击。

接着，我看着手下其他人，陆续从黑暗中爬上来，看到我们都吃了一惊。

"怎么那么多口中猴！"胖子大怒，"你们在搞什么？阿花，你的孙悟空扮相被识破了吗？"

"滚蛋！枪！"小花暴喝。胖子转身把身上的国产 AK-47 抛给小花。

胖子单手扒着洞壁，小花双腿卡在洞壁两边可以双手持枪，几个点射，把入口附近的口中猴直接打成碎片。在这个空间内，枪声几乎把我们震聋，滚烫的子弹蹭过我脸颊，脸上顿时肿起好几个大包。

在小花的掩护下，胖子爬到豁口处，下面

的人把枪和子弹全部甩了上来。

沉甸甸的国产AK-47一入手,老子怒从心中起,恶向胆边生,所以说别让被压迫者拿起武器,我抬手对着头顶的石板就是一通扫射,石板被打得粉碎,和上面成了碎肉的口中猴一起落了下去,落了胖子一脑袋。我一边扫射,一边爬行,最终爬出了井口。

我立即翻身起来,就看到人面鸟落在四周的树上、边缘的井口上,起码有几百只。几乎同时,所有的"脸"都转向了我们。

"全部火力!"我大吼一声,对着最近的人面鸟开始扫射。我背后一疼,背上爬上来一只人面鸟,我反身一个枪托,就看小花也翻了出来,一个地滚和我靠在一起。几乎同时,所有的人面鸟同一时间腾空飞起,遮蔽了月光。

"子弹!"我一边大吼,一边和小花两个人同时开始扫射,只见羽毛漫天飞。井口中丢出几个子弹夹,我甩掉空的,捡起一个新的换上。又有人面鸟俯冲下来,我大吼:"他妈的,别在井里磨蹭了！"说罢，对天狂射。

忽然边上刮过一阵风，小花一下被抓到空中。我抬枪，黑暗中不敢射击。坎肩第三个翻了上来，一弹弓把小花连人带鸟打了下来。我冲上去踩住那只人面鸟就是一枪。小花一脚把我踢倒，接着我背后一凉，一只爪子几乎贴着我的背脊划过，小花躺着一个点射，血溅了我一身。小花翻起来，对着坎肩大骂："你他妈看准点儿再打！疼死我了！"

"对不起！花爷！"坎肩对着小花射了一弹，铁弹子划过小花的头发打中他身后的一只人面鸟。同时，胖子翻了出来，手里举着两颗手榴弹往空中一甩："躲！"

我大怒，三个人跃起，找了边上的一个井口再次翻了进去。

手榴弹爆炸，把天照得和白昼一样，接着脚下一松，我再次摔进井道里，几乎摔进口中猴堆里。我几个枪托下去挣脱口中猴的围攻，然后一个扇状扫射，把面前的口中猴全部扫飞。

但同时,背后有口中猴爬了上来,几下剧痛,我知道我的脊椎骨被咬了。

我学胖子往井壁上一撞,把背上的口中猴蹭了下来。坎肩从我刚才摔进来的井口下来,满身是血。他上来就拿着一根树枝乱打,把口中猴打退,我几个点射退到井口,问他:"你怎么了?"

"胖爷那手榴弹直接落到我那口井里,要不是我动作快翻出来,小的就成虾酱了。东家,以后咱能不能不和胖爷一起出来,胖爷比这些东西恐怖多了。"

我都快被气炸了,打飞冲过来的口中猴,再次爬上去,就看到胖子被一只人面鸟抓得离了地,但是他太重了,那只人面鸟飞不起来。我抬手把人面鸟的头打成血雾,对着胖子大吼:"能不能不用炸药!"

我再回头一看,就见空中的人面鸟少了很多,几乎都掉在地上。

胖子爬起来对刚才叼他的人面鸟补了一枪,

做了一个指挥家谢幕的动作:"看胖爷这清场的效率,一颗二踢脚,大鸟都飞了;两颗二踢脚……"

坎肩爬上来:"自己人也飞了。"

"小花!"我大吼,心想,别给胖子炸死了。地上被震下来的人面鸟开始爬起来。

我连射了几只,发现枪口根本抬不起来了,这才意识到自己的手有伤。刚才在极度亢奋的情况下,我连疼痛都感觉不到,竟然还能用刀,但是用后坐力这么强的步枪就不行了,几下之后,整只手已经没有任何知觉了。我立即把坎肩拽过来,把枪架在他的肩膀上。

坎肩瞄准技术极佳,抓住枪管就知道我想干吗。他拽着枪管帮我瞄准,我一梭子弹打完,他后脑勺的头发全被子弹壳烧秃了。

井中的人一个接一个翻了出来,小花也翻了出来,刚才应该也是又掉下去了。我们的火力越来越强,所有人都杀红了眼,一直杀到眼前再看不到什么目标,才停了下来。

耳朵中还是刺耳的枪声，空气中弥漫着硫黄的味道，空中什么都没有了，地上全是血块。

"枪口朝下。"我用尽全身的力气喊出这句话。

无数的蚰蜒汇聚过来，开始啃食人面鸟的尸体，地上流淌着绿色荧光组成的洪流。

"开溜。"胖子跺着脚。我把枪丢给坎肩，被人架着往林子外走。

所有的蚰蜒都被人面鸟的血肉吸引，我们不停地拍打，胖子还四处喷驱虫的东西，最后快速出了林子，上到山腰灌木区域。胖子放火烧掉一些灌木，火灭了之后，我直接躺进草木灰里，天开始蒙蒙亮。

草木灰很暖和，裹上防水布，我沉沉睡去，醒来的时候，手臂的疼痛已经难以忍受。我翻身起来，太阳已经在头顶了，坎肩缩在我身边还睡得很死。

我起来把他踢醒，看到胖子和小花在一边煮茶泡饭，王盟他们在一边也睡得死死的。

我过去抓起胖子的脚,把他的鞋脱下来,走到王盟边上,抓着鞋狠狠对着王盟的后脑勺抽下去。

第十九章

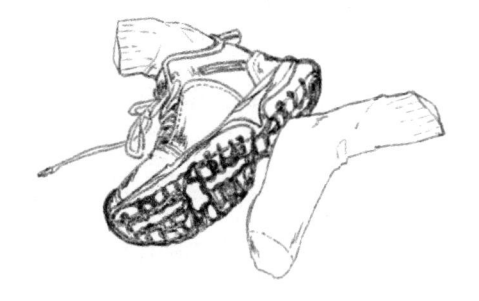

抽王盟

CHOU WANG MENG

抽到第二下，王盟才醒过来，摸着后脑勺一脸疑惑地看着我："干吗？"

我上去一顿狂抽，把他抽得爬起来满营地跑："吴邪！不要以为你人多我就怕你！"我火更大了，一个飞腿把他踹了一个趔趄，胖子伸腿把他绊倒，他摔了个狗啃泥。我上去直接抽了他两个大嘴巴子："说，你搞什么？"

"你搞什么我就搞什么，只准你搞，不准我搞，没有这个天理！"王盟还不服气，我反手一个巴掌把他抽飞，上去一脚踏住他的胸膛，把鞋子丢给胖子。

王盟狠狠地瞪着我，不停地喘气，但是也不敢再说什么。我盯着他，他盯着我，良久他才道："如果他死了呢？十年里可以发生很多事情，你也变了，他也变了，就算不死，他也可能忘记你了，你冒着生命危险到这里，来接的只是你的心魔。"

我点起一根烟,冷冷地看着他。

王盟继续道:"你知道他和你说,让你十年之后去找他,只是给你一个未知的希望,人都是健忘的,他以为十年足够你忘记了,你知道没有人可以在地下生活十年。你是疯子才会真的来接他。"

胖子和小花都看向我们,王盟指着他们:"为了你的心魔,你把这些人都拖下水了。你把我也拖下水了,我的人生原来不是这样的,你不能因为你一个人的心魔,想怎么样就怎么样,这不公平!"

我松开脚,看了看我手上的疤,没有想到王盟会和我说这些,但是,我内心早就不会有任何动摇。"每个人都有自己的心魔。"我说道,"你的心魔是什么?"

他看着我,无法回答。

我冷冷道:"我给你两个选择,要么你回去给我继续看铺子,要么我现在把你埋在这里。"

他的眼圈一下就红了。

"你连谈论都不想和我谈论。"

"有些人的约是不能放鸽子的。"我说道。闷油瓶也许不会出现,我也许会死在路上,但是经历了那么多之后,我需要一个解脱,一个句号。这个解脱不是顿悟可以解决的,在过去的十年乃至之前的人生中,一切都现实得可以亲手触摸,这些记忆需要一个结局。

"不过,等我回来,我可以告诉你,为什么我一定要这么做。"我看着他说道。

王盟看着我,胖子过来蹲在他边上:"回去吧。你这智商,既阻止不了我们,也阻止不了自己死。"

王盟站起来,昨晚的记忆让他不敢逞强。他收起自己的装备,他的手下也一个一个站起来。我给坎肩使了个眼色,坎肩把一些食物丢给他们。

王盟看了我一眼,转头一瘸一拐地往山外走去。走了几步,他回头低声说道:"老板,你一定要活着回来。"

我点头。他回头,沮丧地,慢慢地,开始走远。

我猛吸了一口烟,胖子说道:"他让手下假扮小哥,是想——"

我没有听胖子后半句话,我没有兴趣知道他想干什么。我问胖子:"你是怎么从地下出来的?"

第二十章

胖子的努力

PANG ZI DE
NU LI

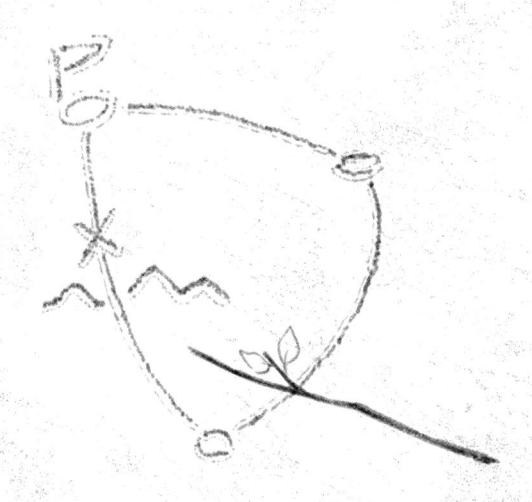

这么多年下来，我已经不习惯有人对我付出什么，这些人终究会因为各种各样的情况而离开。留下一堆感情然后离开的任何事物，我都不喜欢。我喜欢自己的朋友每个人都是自在的，不需要我什么，我也不需要他们什么，每个人行动的理由都来自自己坚定的内心。

我倒上茶泡饭在边上坐下来，胖子用树枝在地上画了几道："你们走了之后，我就尝试着小范围地炸山，没想到，只炸了两三处，整个山盖就松动开裂了，整块区域塌了下去，露出了一个大洞，下面全是齐腰深的水，我就带队下去，下面是一条小河，河道所处的隧道时高时低。我们蹚水而走。这条河有三段是露出地面的，山壳开裂，在河的上方山体上出现裂缝，像一线天一样有阳光照进来，其他部分都是在地下。走到头的时候隧道变得很窄，顶部开始出现向上的人工修建的井道，我们听到上头有人的喊叫声和枪声,就往上攀爬,看到有石板拦在井底,就一层一层炸上来,然后就看到你们了。"

炸药旋起的气流在井道中冲过,发出恐怖的咆哮声,把我们吓个半死。

我看着胖子画的路线,陷入了沉思。

胖子进入地下河的地方,东夏和蒙古曾在那里有一场血战,说明那个地方的山体对于东夏人来说非常重要。现在证明下面有一条地下水脉,一直通至我们发现的这片全是古井的森林。胖子说,水脉还在往地下延伸。

这里离云顶天宫还极远,长白山腹地有大量水源,不需要从这里输送雨水,这条水脉一定通往地下某处,那里是东夏关键所在。这边的森林之中栖息着那么多的人面鸟,显然水脉和它们的地下栖息地也相通。

它们的栖息地,就是青铜门的所在。这是一条新路。

我招呼人整顿装备,清点子弹,自己找郎

中去看手，郎中说骨裂了但没断，给我打了一个夹板，让我尽量不要用伤手。我打上封闭，看王盟已经走到很远的地方，就对胖子道："我们得继续往下，下面空气情况如何？"

"有活水，空气就不会有问题，但井口下面的区域，水道已经很狭窄了，再往前走是走不过去了，得潜水下去。"

我点头。我们只有三套潜水器械，还在外面没带进来，这里有潜水经验的只有胖子和我，还有一个专门走水路的伙计。他跟着他老爹在黄河捞尸，二十多岁，一头非主流的长发，浑身惨白，身材修长，有一米九几，身若无骨，在水里游的时候像条白蛇一样，人称白蛇，外号叫"素贞"。

胖子用卫星电话往山外打电话，让外面的大部队带所有物资进来，我也乘机养养。

当晚，我们往外撤了几公里，将营地安顿好。第二天，胖子留在原地，守营的人和我们会合。小花决定和我们兵分两路，他从陆路继续前进，看看还有什么发现。

等潜水设备运到,山谷之中已经非常热闹,我和白蛇两个人检查了设备,一行人再次回到林中找到了那个井口。

所有的尸体都被蚰蜒吃了个精光,只余满地的鸟骨,骨头下面盘踞着好多蚰蜒。我们调校了手表,下到胖子来的通道的井底,落地就是齐腰深的冰冷刺骨的地下河。

我用手电去照,地下河水清澈得一点儿杂质都没有,只看到掉下来的瓦片散落在河底。再往前,只能猫腰前进,河水流速很缓慢,我们往前走了大概三十米,就来到胖子说需要潜水通过的地方。通道往下延伸,全部浸没在水里。

第二十一章

氧气告罄

YANG QI GAO QING

通道中只有轻微的硫黄味了，最近使用的化学炸药相对于以前的土雷管，气味和威力的可控性都强得多。我检查了手电的防水橡胶，将手电没入水中，光线在水中呈现一种亮橙色，非常特别的颜色。

我戴上潜水镜看了看气量表就沉了下去，往前的通道非常低矮，在水里只能猫着身子前行。

水道的四壁都是黑色片层岩石，非常粗糙，我在水里活动，把水中的杂质都搅动了起来，能看到很多细微的气泡和棉絮一样的东西在面前漂动。

我回头看了看胖子，胖子不停地打战，水太冷了。我做了个手势：快走！

身子高大细长的白蛇在最后，他必须横过来才能在管道中顺畅地移动。我做了一个手势，提醒他们盯着我氧气瓶上的灯，然后头往下一下栽了下去。

游了一段距离,我们来到一个水下的峡谷,大概有两人宽,两边犹如斧劈一样平整。白蛇掠过我的头部,摆动长腿迅速开始观察。

我有极强的深海恐惧症,也就是说,如果处于黑暗和虚空的环境下,我会陷入极端的恐惧中。有一部分是恐惧虚空中会忽然出现某种物体,有一部分是恐惧虚空本身。这里两边的岩壁虽然狰狞,但至少让我有所依托。

往下沉了十几米,我们已经分得很开。胖子活动开了,为了表示自己和白蛇的水性差不多,做着各种高难度的动作。白蛇则完全进入了状态,在水中扭曲,在光线下显得像水栖生物。

很快,白蛇在很远的地方打来信号,我招呼胖子,两个人朝他靠去,发现白蛇所处地方的两边岩壁上,出现了大量的浮雕。

浮雕大多被磨损,能看到很多人形,但所有的细节几乎都消失了。在浮雕上,有很多深孔，里面有生锈的铁榫。

这里之前有个古代工程，铁榫的位置大多集中在浮雕的下半身，感觉是一条栈道，浮雕是栈道两边的装饰。

真是穷讲究！我心想，都把墓修在这边了还他妈显格调呢！于是，我们沿着铁榫一路往前寻找。这些孔洞缓缓往下，似乎无穷无尽。

我心中隐隐担忧，氧气逐渐减少，虽然还带了几个罐子备用，但这一次如果没有结果，基本就可以放弃这条道路了。

很快到了峡谷的底部，底部全都是尖利的巨石，犹如尖牙一样朝上刺出，"浮雕带"由此转折往上，此时提示返程的警告灯亮了。

为了安全，我们必须严格按照氧气瓶的警告回程。这个时候，我看到一条鱼从我面前游过。

我的手电照过去，被光刺激，那条鱼立即游开，往上浮去。

我目瞪口呆，那是我们之前放走的一条鲇

鱼，我能清晰地看到它鳍上的信号发生器。

鮎鱼生活在浅滩，我对其他人一指那条鱼，那两个人看了看自己的氧气表，犹豫了一下，白蛇第一个追了上去。

我们跟在后面，我的心跳开始加速，这是一场赌博，如果这条鮎鱼带我们进入更深的水域，我们在回程路上很可能因氧气耗尽而溺死在地下。

第二十二章

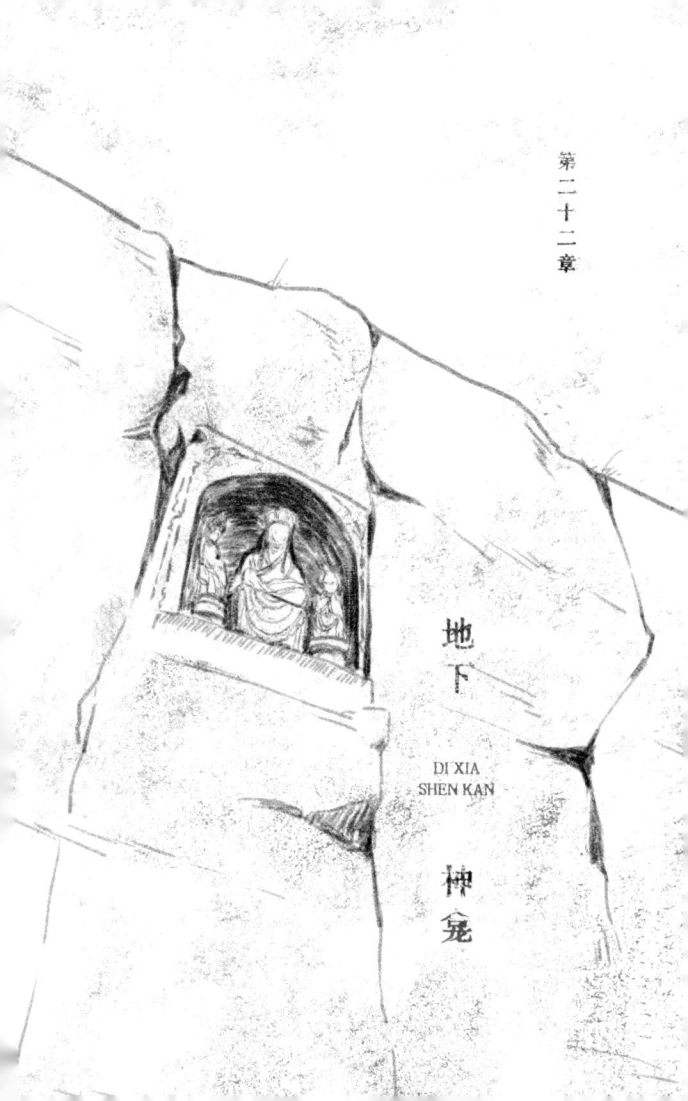

地下神龛

DI XIA SHEN KAN

心中强烈的思想斗争和直觉共存，但身体还是老实地跟着鲇鱼往上游去。胖子越过我，我能感觉到他的口水从呼吸管边缘流出来。

一直往上，过了大概五分钟，我心中的焦虑已经到了顶点，无数次想转头往来的方向夺路而逃，这时早就抛下我们几乎紧跟在鲇鱼后面的白蛇再次打来信号。

我看到了希望，冲了上去，水的压力在身上缓缓变轻，很快头部一凉，我们的头露出了水面。

胖子打起冷焰火，照亮了四周，这是一片地下河滩，上面有一条缝隙，有天光从缝隙中射入，无数的树根和菟丝子从缝隙中垂下。

我们缓缓走上河滩，脱掉潜水装备，发现我们已经通过了被水淹没的区域，重新来到了水道可以通行的一片区域。

"鱼呢？"胖子问我。我蹲下来，看到这

里的水面上漂着一层白色黏土一样的黏液,用手摸了一把,非常腥臭,这是动物的粪便。

抬头仔细看,我就看到这里的山壁上开凿出来的一个一个神龛,犹如敦煌石窟一样,密密麻麻,很多神龛上都停着一只人面鸟,它们将头埋在翅膀下面,都在休眠。

所有人立即压低自己的呼吸声,胖子按住了携带的手枪。不过我们都知道,就我们三个人,如果在这里惊动了这些鸟,就都死定了。

这些神龛的中心是一尊巨大的青铜雕像,已经坍塌了,被鸟的粪便腐蚀得斑斑驳驳。

那些鲇鱼就是在这里被捕食的吧?我心想。昨晚大战,人面鸟的数量减少了不少,但是这些神龛往两边延伸而去,黑暗中不知道还有多少人面鸟在石壁上潜伏着。

"东夏人把这些破鸟当神一样供着。"胖子踢了踢脚下的很多骨头,用口型说道,"这儿的野兽都被它们吃光了。"

白蛇从地上捧起一具骷髅。他穿着潜水服,

又瘦又高，简直就像云顶天宫里的生物。

"吴邪，你看这个。"

白蛇自诩对所有人一视同仁，他是一个有尊严的从业马仔，从来对我都是直呼其名。

我走过去，发现在动物的骨骼中，有着大量的人骨，其中有一些尼龙碎片附着，我翻动这些骨头，从里面找出半截生锈的皮带扣。

我知道这是谁的皮带扣，叶成当年就死在云顶天宫里，估计尸体就是在这里被分食的。

想不到竟然还能再见到故人的遗物，我有一种恍如隔世的感觉。

原路返回已经不可能了，我看了看手表，离天黑还早，最好的办法是从上面的缝隙爬出去。但看到了叶成的遗物，我忽然意识到，在这里，我或许还能找到另一个人的遗骨，他身上有些信息，对我还是有用的。

胖子认为我疯了，这个时候当然应该直接爬出去，再带着大队人马杀回来，到时候想怎么找就怎么找，但是我还是坚持要在这里翻一翻。

人面鸟只能消化口中猴的粪便，这两种生物的依存关系，最早在七星鲁王宫的水道中被发现，从我看到那只战国时期的铃铛开始，就已经屡见不鲜了。这长白山山底的殷商皇陵不知道是为谁而建，但是和七星宫所建的年代相近，显然这种技术在那个时代是有传播的。

万奴王进入地下之后就被妖化，我听说的传说各种各样，不知道是否能在殷商皇陵之中找到某些已经失传的东西。

口中猴是杂食动物，除了大型兽类，它们一般捕食一些两栖类和啮齿类的小动物，比如耗子、青蛙什么的，所以水底沉的很多碎骨都很小，大骨头都是人面鸟叼来的比较大的猎物的。

陈皮四阿公的鼻梁骨被人砍断过，所以很好认。我们找了半天，找到十几具人骨，但都不是。我来到山壁底下，忽然看到山壁上有指甲印子，数量非常多。

胖子问我:"是鸟挠的吗?"

我摇头,鸟的爪子分三叉,这些指甲痕都是五根手指的。这要么是人面猴的,要么是人挠的,但人面猴的爪子没有那么大。

"这可不是什么好兆头。"胖子说道,"看来有人和我们一样来到这里,但是没爬出去啊。"

我用指甲在岩石上划了一下,没留下任何痕迹。

这不是一般的指甲可以划出来的痕迹,在这里想爬出去的东西,如果是人的话,状况很不正常。

"我爷爷临死的时候,一定要火葬。"我轻声冷冷地说道,"霍老太太的皮肤、陈皮阿四的寿命,都有一些诡异。老九门平三门和下三门的这些人,只要是行动型的,到晚年生理情况都不是很正常,不知道在史上最大的盗墓活动中,他们经历了什么。"

"你什么意思?"

"我在想,如果我爷爷不火葬,他会变成什么东西?"

陈皮阿四没有火葬,尸体应该会被叼到这里。如果他和我爷爷的体质一样,那么,我也许能知道爷爷一定要火葬的理由。

"你们先出去。"我看向一边的黑暗,我要进去看看,这条通道通往哪里。

第二十三章

粽 子

ZONG ZI

胖子看着我："想什么呢你？你以为胖爷是陪你来这儿的？"他拍了我一下，"你不来，我也会来。"说着，自己先往一边的黑暗中走去，并示意我跟上。

我哭笑不得，示意白蛇也跟上，胖子一个人在这里攀爬风险太大，还是同进同退吧。

三个人小心翼翼地蹚水往黑暗中走去，离开有天光的地方，里面迅速变为一片漆黑，我只往前走了十几米，就知道不可能再继续探索下去。

"这些鸟也不知是死是活，在黑暗中使用手电，那我们就是靶子。"胖子说道，"昨天我们刚把人家七大姑八大姨全弄死了，今天就不要再上门偷东西了，胖爷我是有良知的。"

接下来，如果使用手电，光照到那些人面鸟身上，后果不堪设想。两相权衡，还是决定先撤。我对胖子说道："咱们的子弹够不够再回来的时候把这里扫干净？"

胖子叹了口气："天真，这么多年你变得毫无人性，杀了它们的爸爸还要杀儿子，不过我喜欢。在我们赶尽杀绝界，子弹是最没效率的，咱们出去把你的狗杀了，肉里拌上氰化钾，往这里一丢，保证不费一弹就——"

"别他妈打我的狗的主意。"我怒道。我知道他在开玩笑，但那些狗听得懂人话，这些话如果被它们听到了，说不定晚上就偷偷先把胖子弄死了。

正准备转身，胖子忽然又把我拉住。

"你年纪大了,开始啰唆了是吧？"我怒道。

"我哪儿年纪大了？你年纪小？你年纪小，你眼神儿那么差？"胖子看着黑暗中，示意我看。

我眯起眼睛，黑暗中什么都看不到。

"你是不是出现幻觉了？"我道。胖子用手电指了指水中，我一低头就看到很多小鱼在石头的缝隙间游动，密集地往我们前方的黑暗中游去。

"这是泉鱼，前面有腥味才会这样。"胖子缓缓顺着鱼游动的方向移动光斑，把手电抬了起来。

光柱射入黑暗中，我隐约看到，远远在河滩和岩壁的交界处，有一个人形的东西，面对着岩壁站着。

很远，看不清楚，我正要上前。

"新设备。"胖子拉住我，拿出望远镜，调动焦距，舔着嘴唇，"用这个看我铺子对面那卖翡翠的大长腿，连毛都——"他忽然闭嘴，转头看我。我问他怎么了，胖子拉长了下巴，但是说不出话来。

这么多年了，胖子从来没有说不出话来过。我一把抢过望远镜，对着手电的光斑看过去。

我看到一个赤裸的老人笔直地站在黑暗中，手电光下这个人身上的皮肤是绛紫色的，整个人干枯得像树皮一样，两只手垂在身体两侧，手指的指甲一直垂到水里。

回来的时候把这里扫干净?"

胖子叹了口气:"天真,这么多年你变得毫无人性,杀了它们的爸爸还要杀儿子,不过我喜欢。在我们赶尽杀绝界,子弹是最没效率的,咱们出去把你的狗杀了,肉里拌上氰化钾,往这里一丢,保证不费一弹就——"

"别他妈打我的狗的主意。"我怒道。我知道他在开玩笑,但那些狗听得懂人话,这些话如果被它们听到了,说不定晚上就偷偷先把胖子弄死了。

正准备转身,胖子忽然又把我拉住。

"你年纪大了,开始啰唆了是吧?"我怒道。

"我哪儿年纪大了?你年纪小?你年纪小,你眼神儿那么差?"胖子看着黑暗中,示意我看。

我眯起眼睛,黑暗中什么都看不到。

"你是不是出现幻觉了?"我道。胖子用手电指了指水中,我一低头就看到很多小鱼在石头的缝隙间游动,密集地往我们前方的黑暗中游去。

"这是泉鱼，前面有腥味才会这样。"胖子缓缓顺着鱼游动的方向移动光斑，把手电抬了起来。

光柱射入黑暗中，我隐约看到，远远在河滩和岩壁的交界处，有一个人形的东西，面对着岩壁站着。

很远，看不清楚，我正要上前。

"新设备。"胖子拉住我，拿出望远镜，调动焦距，舔着嘴唇，"用这个看我铺子对面那卖翡翠的大长腿，连毛都——"他忽然闭嘴，转头看我。我问他怎么了，胖子拉长了下巴，但是说不出话来。

这么多年了，胖子从来没有说不出话来过。我一把抢过望远镜，对着手电的光斑看过去。

我看到一个赤裸的老人笔直地站在黑暗中，手电光下这个人身上的皮肤是绛紫色的，整个人干枯得像树皮一样，两只手垂在身体两侧，手指的指甲一直垂到水里。

"四阿公?"我的手抖起来。

虽然有预判,但是实际看到故人的尸体隔十年仍旧僵化地站立在这里,还是让人难以接受。

"粽子!"胖子用口型道,"别叙旧了,快跑。"

"要看到正面。"我说道。我们还有一些氧气,我要潜水过去,看个究竟。

第二十四章

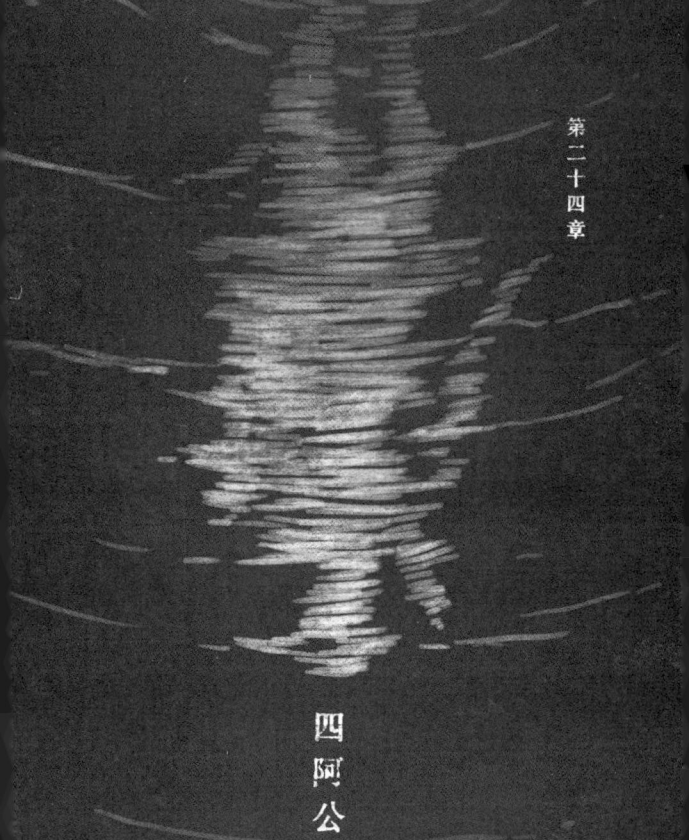

四阿公

SI A GONG

"僵尸会游泳吗？"我们重新背上潜水瓶的时候，白蛇问我。

我回忆了一下，好像没有任何古籍有过僵尸游泳的记录。不过，人既然已经死了，应该不可能再被淹死一次。

"死沉死沉的，死人特别沉。"胖子道，"那玩意儿到水里就沉底了，没戏。"

轻声细语地说话在山洞中也有回音，听着像很多人在窃窃私语，让人毛骨悚然。出水一段时间后，毛孔收缩，我越来越感到洞里寒冷。

胖子觉得这回音很有意思，又说了一句："吴邪是个小三八。"整个山洞回荡着胖子的细微的声音。

我瞟了他一眼，戴上潜水镜，胖子抓住我的手，表情有些严肃。

"未必是陈皮阿四，你真的要去看吗？"

"你是指可能是小哥？"

在地下变成一具苍老的僵尸，真是适合他的结局。不过，不可能的。

洞中的水下是卵石，我们戴着脚蹼艰难行走，于是都趴下来，没入水中。沿着岩壁的部分水不深，勉强把我们淹没了，可以用手拨弄滩底前进，我适应了一下，往那个老人站立的地方游去。

估摸着游到差不多的距离了，我拧开手电，缓缓地，单手撑着滩底，把脸露出了一半在水面上，另一只手伸出水面，把手电照射过去。

我看到刚才那赤裸老人站立的地方，空空如也。

"没了？"我心中纳闷。一边胖子和白蛇也抬头出水。我们四处去看，都不见那老人的身影。

"去哪儿遛弯了？"胖子关掉氧气瓶，直起上半身，"嘿，这老头还挺利索。"

我估摸着时间，一来一回加上穿上潜水服，时间花得不多，他肯定走不了多远。

胖子问我怎么办，我把手电照向水下，多少我也要找到一些线索。四处探照，猛地看到几米外的水面上，有一个人头。

人头的脸上全盖着头发，看不清脸，但能看到水下躯干的影子，指甲很长，在水中泡软之后，像水草一样打卷。

"大爷，泡澡呢？"胖子轻声说道，"你去问问他要搓个背吗。"

我们的状态很尴尬，脚上有脚蹼，背上的氧气瓶在没有浮力的情况下很重，我们在浅滩水域就像搁浅的鱼一样，站也站不起来，游也游不快。

我对他们甩头，三个人缓缓往深水区退，慢慢地沉入水中。

手电沉入水下，再往前靠近，光柱穿过浑水照出了水下的人形。

他站在水中，瘦得几乎皮包骨头，皮肤褶皱苍白，就像泡在福尔马林中的尸体。我看到他身上有文身，不是麒麟，是旧社会的一些文身，很淡的青色，因为皮肤褶皱，已经看不出是什么。

是四阿公，虽然我没有看到他的脸和眼睛，但我认得这些文身。

胖子拉着我快走，同时，我看到了那具尸体的脖子上挂着一个东西。

我眯起眼睛看不清那是什么，但是我的内心涌起一种直觉，死了这么久还挂在身上的东西，肯定非常讲究，而且对于死者本人来说非常重要。

我指了指脖子上的东西，胖子摇头。我再指了指，胖子还是摇头。我看了一眼白蛇，又指了指，胖子和白蛇都摇了摇头。

我甩掉胖子的手，矮身贴着水底，想潜到四阿公的身后去。忽然，水中一震，瞬间惊起的水泡迷了我的眼睛，我立即摆正自己在水下的姿势。我看到四阿公消失在我面前，同时水中有一个影子在游动，动作像极了海猴子。

这不是什么僵尸，我心中一凛，想起了爷

爷的遗嘱。

这东西不是什么僵尸,而是另外一种东西。

它有专门的名字,但是也有一种别称,我们叫它海猴子。

第二十五章

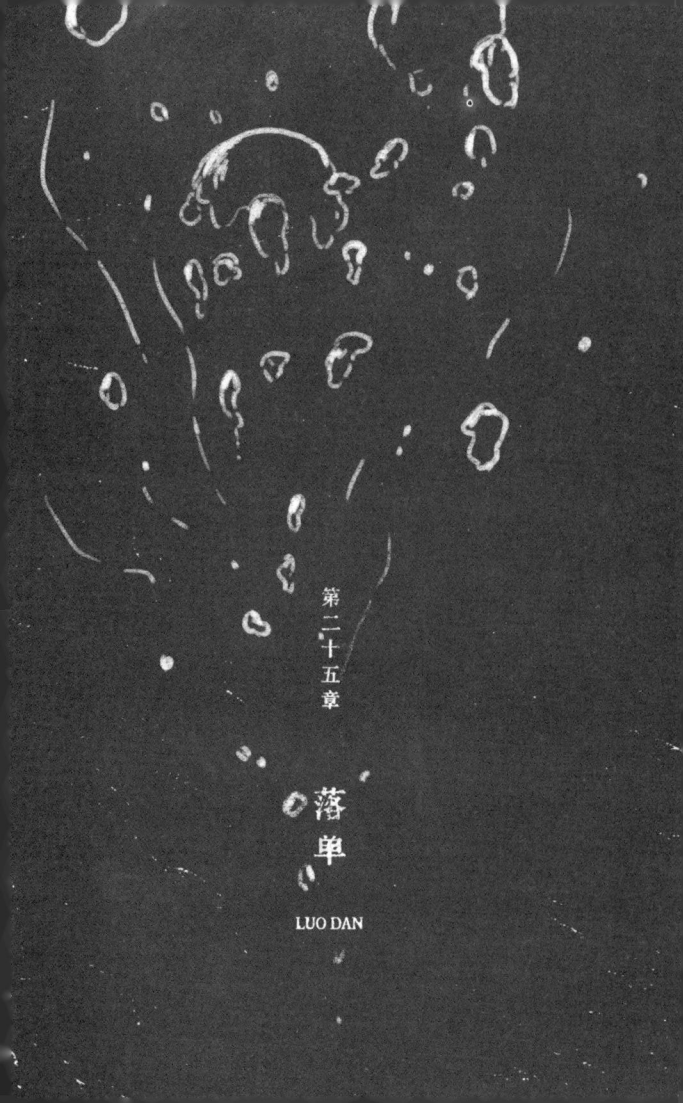

落单

LUO DAN

我来不及仔细思考心中的念头，就见白蛇首先做出了反应，水中一震，他第二个消失在我身边。我和胖子往深水区一靠，手电一照，就看到两个白色的影子在我们身边闪过，其中一个在瞬间游远的同时，手电闪了两下。

白蛇的信号，让我们立即跟上撤离这里。

我实在不知道应该怎么办，第一次碰到这种东西和上一次碰到这种东西，采取的策略都是跑。我和胖子对视一眼，我忽然冷静了下来，理智瞬间回归。

什么都别想，先跑！

我和胖子往后狂游，跟着白蛇的影子一路上了浅滩，胖子甩掉氧气瓶和脚蹼。一抬头，胖子看见白蛇已经爬了上去，也跟着往山壁上爬。

我甩掉脚蹼，踩着齐腰深的水赶上去，忽然四周水波一荡，我的脚踝擦过触感奇怪的东西，接着一股巨大的力量将我直接扯倒在水里。

我挣扎着爬起来，呼吸器掉了，四周全是水泡，慌乱间，我看到水泡中有一双无神无瞳孔的白色眼睛。接着，那股巨大的力量把我往水底扯去。脚踝处剧痛，显然被什么东西死死地钩住了。

我最后一次用力出水，看到胖子重新跳了下来，朝我冲来，接着我一下被拖入深水。我仅留的理智让我抓住呼吸管，塞进自己的嘴巴里。

接着我开始旋转，头部不停地撞上滩底。我能感觉到我被拉进一个狭窄的缝隙里，我死死地拽住了手电，我知道这是我唯一的希望，只要有两三秒的时间，我就能有应对的办法，但所有的办法都需要照明。

瞬间，我就发现我的握力不如以前——可能是因为之前的骨裂，接着手电被撞脱手，看着手电光迅速远去，四周顿时一片漆黑。

混乱中，我大口呼气，氧气灯亮起，很快

我就发现吸气的效果减弱——没氧气了。

我顿时冒出一身冷汗,但强迫自己安静下来,放慢呼吸,停止手脚的挣扎。

四周非常安静,我一路能感觉到滩底有石块,除了氧气灯,什么都看不到。但我知道自己正在以极快的速度在水中前进。

我不知道过了多久,也许只有一两分钟,但是在黑暗的水底感觉被拖了很久,我的体温迅速下降,失去了触觉,意识也开始模糊。

不知道中间隔了多久,我的意识再次恢复,感觉到了暖和,这种感觉好像开车秒睡一下,睡了很短的时间,醒来的瞬间却觉得自己睡了很久。

接着,我发现呼吸器不在我的嘴巴里,但是我可以呼吸,脸很疼。

睁开眼睛,氧气灯的红光照亮了很小的一块区域。我的上半身出水了,但是下半身非常冷,能感觉到水泡着我的脚踝。

我尝试爬起来,有一只手臂,我甚至分不

出是哪只手臂，完全没有力气。

  我尝试黑瞎子教我的呼吸法，尝试动身上所有能动的地方，很快感觉到处蔓延，我坐了起来。

  我发现氧气瓶不见了，只剩下一些配件挂在潜水服上。地下是石板，我能触摸到。我拿起氧气瓶警示灯，就像在宇宙中拿起一颗星星，我一边贴着地面摸石板的缝隙，一边贴近红光的范围，努力让自己清醒。

第二十六章

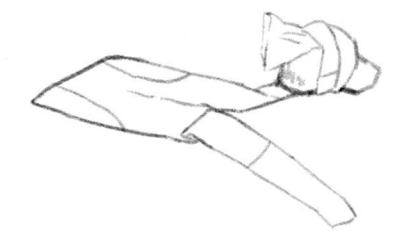

流星锤

LIU XING CHUI

石板是人造的，这么黑应该是在地下，在这个地方，地下的人造建筑物只有那个皇陵。我搞砸了，除了氧气警示灯我再没有任何照明物，氧气灯最多坚持二十小时就会熄灭，我要在黑暗中继续摸索下去。胖子和小花再次找到我不知道要多久。但，我或许更靠近那道门了。

只要能让我看一眼四周，就知道自己在什么位置——如果我已经在殷商皇陵之内，那么，即使在黑暗中，我推演无数次的路线，不用眼睛也能走完。

不知道为什么，我忽然笑了起来。

黑暗中，应该没有任何人看到。

眼睛慢慢适应了绝对的黑暗，小小的氧气警示灯的红光，也照出了四周的模糊轮廓。

我脱掉潜水服的上衣，四周的温度非常低，都能哈出白气来，当然白气我也看不清楚。

我拿着氧气灯，往前走了几步，看到了一块石墙，于是往后走了几步，是一个台阶。

随即我发现,我所处的位置,就是一处长而宽大的台阶,一路从水中延伸上来。但是,露出水面的部分有很多方石,有大有小,大的如卡车那么大,小的都是碎石,都是从台阶上方滚落下来的建筑石料。这些坍塌的石料堵住了台阶往上的路。

我拿着氧气灯一点一点地查看,脚下老是踢到东西,我低头贴着地面查看,用氧气灯缓缓地探着,看到了一双赤脚,脚上的趾甲很长,如同鸟爪一样。

我不敢往前,在微弱的红光下,远远看到陈皮阿四面对一块堵路的巨石站立着,几乎贴在巨石上。

他想往前走,但是走不过去。

就是他把我带到这里来的,我吸了口气,看到他面对的巨石上,用炭写了一些文字。光线极暗,又被他挡住,我完全看不清楚,而且氧气灯也逐渐暗淡起来。

我的心脏狂跳,看着他对着岩石的背影。

他脖子上的东西还在,从这个距离看上去,似乎伸手就能抢过来。

我捡起一块石头,朝水里丢了过去,石头落水发出声音。

他无动于衷,我无法理解他为什么会把我带到这里来,也许他只是在重复做生前一直做的事情。

潜水服干了,我想起三叔在海底的经历,当时就是潜水服救了他一命。

我手里什么都没有,只有这一件衣服了。我想了想,把潜水服的裤子脱了下来,在一个裤腿上绑上了一块石头做成一个流星锤。

好了,我小心翼翼地弯腰靠过去,这个举动要么能让我获得主动,要么就彻底让我陷入最糟糕的境地。

"四阿公!"我叫了一声,"还记得我吗?我是吴家的!"

面前的尸体缓缓地转了过来,极弱的光线下,只能看到白色眼睛的反光,然后我听到了熟悉的"咯咯咯咯"的声音从他的喉咙里发了出来。

"四阿公!来,抱抱。"我深吸了一口气,开始后退。他转过身,似乎在寻找声音的来源。

第二十七章

仙蜕

XIAN TUI

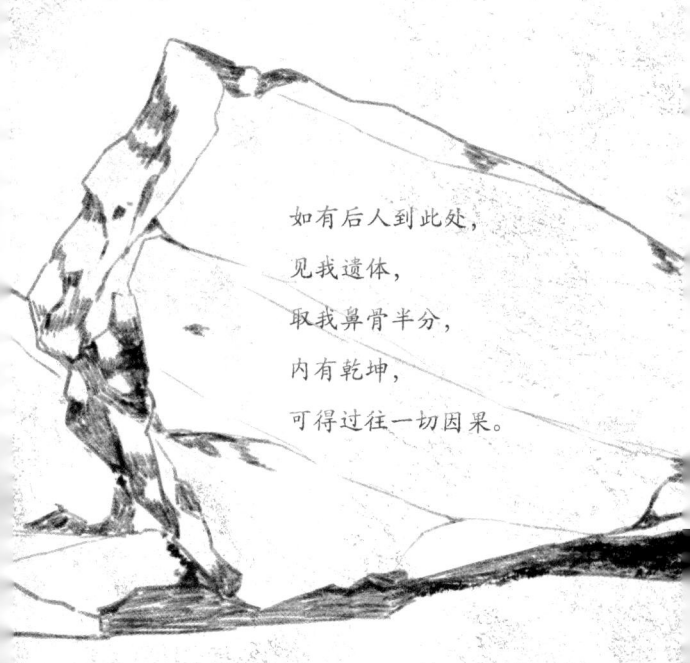

如有后人到此处，

见我遗体，

取我鼻骨半分，

内有乾坤，

可得过往一切因果。

爷爷他们，甚至是陈文锦他们，一定是遇到了什么事情，让他们的身体发生了变化。那件事情有很多种可能性，比如说，他们吃了什么。

他们一直在古墓中寻找长生的古法，传言方士会将长生之法留于自己的墓冢，但黑瞎子和我说，如果真的可以长生，那些方士又怎么会有墓呢？所以，在古时才有去仙山寻找修炼人的仙蜕的行为。仙蜕指的是古时候人成仙后留下的尸体，往往非常苍老但是日久不腐。

我面前的东西似乎就是一具仙蜕，但是没有人和我说过，仙蜕长得和僵尸一样。

不论发生了什么，他们的身体都受到了那件事情的影响。我爷爷认为他死后尸体会发生变化，陈皮阿四一直活到生死不明的地步。而陈皮阿四死后，尸体的状况确实匪夷所思。陈文锦则更加严重，我调查得知，她认为她会在一个极短的时间内变成一只怪物。

他刚才游动的样子,完全是海猴子,但现在又很像瓜子庙的那具粽子。难道我们遇到的所有的怪物,其实都是一种东西,只是环境不同,他们的样子也不太一样?

陈皮阿四的尸体朝我一点一点靠过来,我甩动我的流星锤,只要稍微离远一些,我就看不清楚四阿公四周的状态,实在太暗,但是他似乎不用靠眼睛就可以知道我在这里。

"得罪了。"我看准机会,第一次把流星锤甩了出去,同时我人也跑起来,希望能够让流星锤缠绕上陈皮阿四的身体,然后我在另一头接住,这样我就可以将他绑在某块石头上。

但是,流星锤没有我想象的那么好用,因为它的长度本来就不够,所以甩在四阿公身上之后,只是重重地打了他一下,然后就掉了下来。

我把它拉回来,准备再次甩出去,氧气灯在这个时候熄灭了。

四周在一瞬间回到了绝对黑暗中。

我胡乱地把流星锤甩出去，这东西打在石头上，冒出了火星。我拉回来，心脏开始疯狂地跳动，脑子一片空白，绝对的黑暗就是眼睛不会带给大脑任何需要处理的信息。

我像直升机一样甩动流星锤，确保没有东西靠近我，可才转了两圈，忽然就打到了某个东西，流星锤落到地上，我拉起来一边后退，一边重新甩动，就差喊一句"星云锁链"了。

甩了一下，又打到面前的石头上，火星四射。

石头，对了。

我摸索过去，摸到那块一人高的石头，开始往上爬去。锋利的石头立即划破了我的脚底，我忍住剧痛，一直爬到这块石头的顶端，指甲都翻起来好几片。

我有了一些安全感，想把流星锤收到身边，刚往回拉了两下，忽然感觉手下一紧，流星锤的锤头好像被什么东西抓住了。

我一拉，对面的力气十分霸道，我拉扯不动。

我不敢再拉，忽然心生一计，把流星锤绑在潜水上衣的袖子上，然后把潜水上衣脱下来，包住这块岩石。因为岩石有棱角能卡住衣服的纹路，在下面拉紧之后，潜水服非常牢固地挂在了岩石上。

我想仙蜕总不至于能知道自己正在和石头拔河吧。

我小心翼翼地跳下石头，使劲摇晃氧气警示灯，这东西是和气压表连在一起的，锂电池按道理没有那么快没电。我忽然意识到氧气瓶没氧气了，是不是气压表有问题，于是又去摇气压表，摇了几下，红灯又亮了起来。

我有两个打算：第一，立即去看石头上炭字的内容；第二，立即找到第二个光源，这个氧气警示灯坚持不了多久。

我打着小算盘，微光中看到了拉着流星锤的人影，于是贴着另一边避开，来到刚才陈皮阿四面对的那块石头前，将红灯贴上岩石，几乎是一个字一个字地辨认着。

第一个字是:"如"。

我眯起眼睛,把文字看完,五行字:

如有后人到此处,

见我遗体,

取我鼻骨半分,

内有乾坤,

可得过往一切因果。

第二十八章

秘密

MI MI

秘密。

我的手颤抖着,回头看了看黑暗处。

我一直不知道陈皮阿四的双眼是不是真的瞎了,但他活着的时候几乎没有任何盲的迹象,连同他折断的鼻骨,至今让我不得其解。

他身上肯定有很多秘密,陈皮阿四不像其他人,他没有道德包袱,杀人不眨眼,也不太计较别人的死活。我的家族往往为了顾全大局,会百分之百地戒备,这导致了传达的信息太隐晦,以至于流传不畅,但陈皮阿四不会,他留下的信息让我涌起了长久未有的好奇心。

但,我真的不知道如何在这种状态下取下他的鼻骨,我觉得他能放过我的鼻骨就不错了。

我深吸了一口气,缓缓地朝黑暗中走去,来到陈皮阿四身后,闻到了一股淡淡的香味,我知道这是所谓的"禁婆香"。这更加让我觉得,我们见到的所有粽子,可能都是一种东西。

我捂住鼻子,慢慢地靠近他,并尝试弄出一点动静。

不知道为何,他没有反应,我拉了拉自己的短裤,继续尝试着一点一点靠近。

面前的人影在极其昏暗的光亮下,慢慢现出了轮廓,我浑身冷汗,凑到了跟前。

我看到了瘦成皮包骨的脸上,全是被水浸泡的褶皱和斑点,双眼鼓出但是没有黑眼珠,全是白色,双手的指甲缠住了我的流星锤。

尸体的鼻骨处有一道骇人的伤痕,划过双眼和鼻梁,东西应该就在伤痕下面。

怎么拿?

我屏住呼吸,心想,难道要从鼻孔中把手指插进去?那他妈的就牛×大发了。

我知道很多鼻子手术,需要提起上唇,把上唇和牙龈的连接处割开,掀起脸皮,可以露出整个鼻骨。其他方式是很难触及鼻子上端的,当然,直接敲碎他的脸也是一种办法。

想了想,我蹲下来退了回去,决定铤而走险,用一种最蠢的办法。

我咬住氧气灯，四处去搬石头，开始在陈皮阿四身边搭墙。

在黑暗中没有时间概念，也不知道过了多久，我敢肯定是相当久的时间。我浑身酸痛，终于在陈皮阿四的尸体身边，硬生生搭起了一个塔，把他包在里面。

这实在是乱来，小孩子过家家的水平，我爷爷和三叔要是知道了，非气死不可。但我什么都没有，能用的只有这些石头。

我知道这玩意儿力气很大，特地垒了好几层人头大小的石头，我是学建筑的，在力学结构上做了手脚，一块石头卡住一块石头，垒得越高，自身的重量会让这个塔越结实。就像吃猴脑一样，我用石块把陈皮阿四整体裹了起来，就剩一个脑袋露在外面。

然后，我爬到了塔上，举起一块尖利的石头，对准他的脸砸了下去。

只一下，陈皮阿四就动了，在石头圈里乱撞，石头很快松动，但因为我的设计，撞塌的石块都往他身上倒去，一下子他就被彻底压住了。

我又是一下，把他的整张脸砸塌了下去。石头鼓动，陈皮阿四想爬出来，我大喊了一声："得罪！"用尽死力砸了下去，脸一下断裂豁开了，眼珠都被砸烂挤出了眼眶。

我不敢直接伸手进去，身边已经什么都没有了，只好脱掉内裤，包住手，伸进鼻子处，掰开面骨。

我摸到了一个环，似乎有一根铜丝，通入鼻腔之内。

第二十九章

小哥的

XIAO GE DE
MI MI

秘密

陈皮阿四难道是一个手榴弹精吗？我的第一反应是这个。

当年佛祖讲经，坛前埋的一颗手榴弹日夜听经，竟然成精，如今死后现出原形，我只要一拉这环，它立即把我炸成靶耙牛肉。

不过想来也不太可能，如果生前在自己鼻腔里植入手榴弹，被人抓住的时候，以抠鼻屎为名拉动引线，未免死得太惨烈了。

我拉动铜丝，四阿公整个人抽搐起来，想来我刨了爷爷的坟并筛他的骨灰，砍了霍老太的脑袋，砸了陈皮阿四的脸，九门有此后代，真是家门不幸。

忽然铜丝一松，鼻腔深处的东西被我扯了出来，那种从腔体中抽出东西的感觉，真是使人惊惧。

那东西上面全是黏液，滑腻得不行，我把它包在内裤中，用氧气警示灯照着细心观瞧，这是一枚柄部有着珠子的铜钥匙，我竟然见过。几乎同时，陈皮阿四的尸体开始萎缩，他不停地抽搐，皮肉也发出恶臭。

我捂住鼻子退后几步，最后关头抓住了他脖子上挂的东西，扯了下来。

陈皮阿四的尸体腐烂坍塌，缩入了石头之中，我松了口气，看着手里的两样东西。

这把钥匙，我在七星鲁王宫里见过，是在青眼狐狸身边的女尸嘴巴里，据说有防腐的功效。当时我拿出来之后，以为是开迷宫盒子的，但后来钥匙不知所终。没想到，钥匙会到陈皮阿四手里，并被他嵌入了自己的鼻腔里。

当时小哥是陈皮阿四的人，三叔从陈皮阿四手下借人，用黑金古刀换来他，这钥匙会不会是小哥混乱中拿去给陈皮阿四的？之后，陈皮阿四竭尽自己所能，九十多岁了还涉险在这深山之中寻找云顶天宫，闷油瓶也在旁边帮忙。

我慢慢开始看到了之前不曾注意的部分，以前一直在思考三叔的动机，以及小哥到底在做什么,现在看来,不如先理清陈皮阿四的这些相对简单的目的。

陈皮阿四参与过史上最大的联合盗墓活动,以他的性格,在那次行动中他应该会亲自涉险,之后他在广西活动了很久,还找到了已经失去记忆的小哥。

在广西搜索小哥,陈皮阿四应该是有目的的,因为对于九门解散之后那一代人来说,广西是一个发生了太多故事、藏有太多秘密的地方。

之后,失去记忆的小哥一直在为陈皮阿四做事。陈皮阿四是一个很聪明的人,他也许并不想知道真相,只想解决自己身体上的问题。也许是他得到了最初的那张战国帛书,将其散发到江湖上,最终我三叔解开了帛书的秘密。

我三叔看到这张帛书的时候,以我之后对他的了解,他一定用这张帛书设计出了一个很大的圈套,但陈皮阿四并不知道这一点。当陈皮阿四听说三叔会去寻找帛书上的古墓时,就把小哥借给了他。

闷油瓶在七星鲁王宫里完成了自己的工作，现在算起来，他拿走了鬼玺，调换了帛书，掐了铁面生的仙蜕，还给陈皮阿四带去了这把防腐钥匙。这一切，似乎都是为陈皮阿四来云顶天宫做准备的。

我到现在还能记得那些久违的感觉，小哥在七星鲁王宫里，有好几次，让我感觉他来过这个地方。但以他性格的沉稳程度，他如果不想让我知道，应该有办法装得毫无破绽，之所以让我看出来了，我觉得，是因为他很有可能在进入七星鲁王宫的过程中，记忆开始恢复，他自己都没有预计到会出现这种情况。

在协助陈皮阿四进入云顶天宫的过程中，小哥的记忆完全恢复，他已经知道陈皮阿四的目的。所以，让小哥最终走进青铜门的，不是陈皮阿四，而是他自己。

第三十章

长生的代价

CHANG SHENG DE
DAI JIA

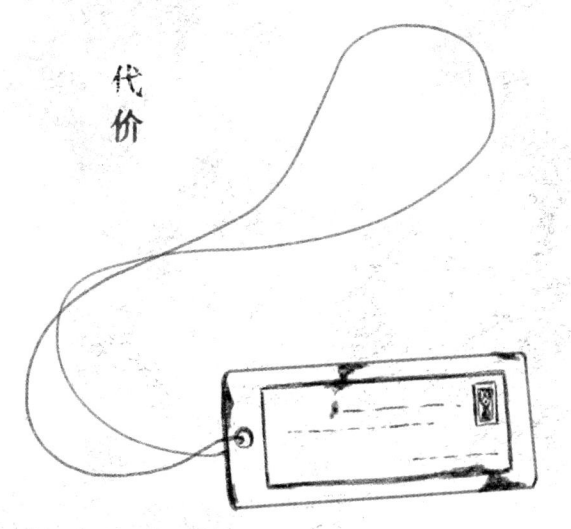

陈皮阿四想要什么呢？九十多岁的高龄，涉险进入这里，金钱、爱情这些都不可能是动机了，陈皮阿四肯定认为这里有延长生命的办法。如果他参与过史上最大的盗墓活动，理应对这些事情非常了解。

老九门里的人都在史上最大的盗墓活动中，身体发生了变化，张起灵说过，他是为九门中的其他人去承担进入青铜门这件事情的。

会不会这是长生的一种代价？在史上最大的盗墓活动中，老九门里的很多人获得了长生的种子，但是整个过程，需要在青铜门内完成。他们需要在一定的时间内，找到青铜门，所以在 20 世纪 70 年代，老九门所有人疯了一样地在全中国到处寻找线索。在这个过程中，不断有人尸化，提供支持的人也开始逝世，最终剩下来的，坚持到底的，只有陈皮阿四。

我在黑暗中深吸了一口气，感觉到一丝

凉意。

我爹是爷爷的长子,我爷爷是在什么时候生的我爹,是在史上最大的盗墓活动之前还是之后?为什么我爷爷在我出生之后这么感慨,称呼我为吴邪?

邪,到底是什么?

难道,他们在史上最大的盗墓活动中产生的变化,还能遗传?这是不是能解释我二叔、三叔和我父亲性格的迥然不同,以及解放后这一代的九门人对于这些事情出乎寻常的兴趣?

那么,如果我是吴邪,那秀秀呢?小花呢?我无邪,难道他们是有邪吗?

我不敢再想下去。

在陈皮阿四脖子上挂的东西,是一块铁牌,上面印着一个地址、一个手机号码。

我有些意外上面会有这些东西。把铁牌翻过来,铁牌背后有钢印:"如有后辈至此,见此铁牌,即见广西陈皮四,将尸首完整运至铁牌背后所印之处,可得一世之财。"

是块收尸牌，我不由得莞尔。之前是因为看到这东西，才一路想看个究竟，没想到引我来此的东西毫无价值，却得到了另外的线索。人生往往就是如此。

我看着铁牌子，忽然想着我随便找具老人的尸体送到那个地址，说不定还能大赚一笔，随即觉得羞愧，这商人的习气，年纪大了不减反增，可见我活得是更加真实了。

我一边告诫自己这次来的目的很单纯，一边顺手就把铁牌子给自己戴上了。戴上之后，我忽然又觉得不对，这脖子上的东西似乎和石壁上所说的有所矛盾。

如果陈皮阿四希望后辈将自己的尸体运回去，那么，他又为什么要另外引导后辈去砸他自己的脸呢？这实在说不过去。

我跳下石塔，光着身子还是比较尴尬的，不承想只是到了这个地方就已经这么狼狈。再次来到石壁之前，看那五行字，我不由得笑了起来。

这不是陈皮阿四的笔迹，不是因为我认得他的笔法，而是我认出这是闷油瓶的笔迹。

太久没有见到了，初见有些生疏，但再仔细看时，我立即就想了起来。

这应该是他和我分别之后，再次来到这里的时候留下来的。

这是写给我的，他知道我会履约。他把线索藏在陈皮阿四鼻子里，真是给我面子。

我捏紧了拳头，一种多年没有的安全感，忽然从心底生起。

如果他相信我会履约，那么我面对的不会是一个冷冰冰的云顶天宫，他一定会留下什么给我。

记号？

提示？

这把钥匙，不是陈皮阿四留给后人的，那么，就是闷油瓶留给我的。

第三十一章

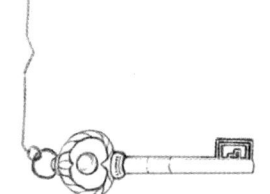

小哥的

XIAO GE DE
YAO QING

邀请

我尝试换位思考，如果我是闷油瓶，知道十年之后会有人来找自己，会做什么准备？我会在所有可能进入这里的地方给出提示："接我的朋友请往这里走，小心地滑。"

如果胖子和小花从其他地方进入，也许也会看到提示。

为什么是在这面墙上？陈皮阿四对着这面墙，应该会有一条固定的活动路线。为什么他会以一条固定的路线活动？是什么驱使他的？我脑子忽然闪过一丝灵感，提起铜丝看那把钥匙，钥匙后面的墨绿色宝石让我想起了青铜门的颜色。

我拨动钥匙，钥匙不停地转动，接着停了下来，慢慢指向了一个方向。

我再次拨动钥匙，钥匙旋转后停了下来，还是指向了那个方向。

敢情这东西是这么用的。

我的心跳加速，内裤是不敢穿回去了，我把它丢在了地上，从石头堆里扯回了流星锤和潜水服上衣，摸到水边洗干净后穿上。氧气灯几乎没有任何用处，照明距离只有几厘米，我还是将其挂在胸口，然后提着钥匙，顺着钥匙所指的方向，开始往前走。

眼前是一片漆黑，我走了几步，摸到了面前的岩石，开始爬上去。

什么都看不见，爬到顶部之后，我担心钥匙脱手，于是把铜丝系到一根手指上，另一只手摸索着前后左右，一点一点地在碎石中爬行前进。

爬了几个小时，筋疲力尽，我的手脚被磨破了，几乎失去了触觉，这个时候，终于踩到了平地上。

地面很粗糙，我第一次完全无法还原四周的环境，这里也许是青石板地面的墓室，也许是皇陵里面的神道，也许是护城河的河底，但是我的手向前摸去的时候，什么都摸不到。

我一步一步走着,在黑暗中,就像有人牵着我的手。

氧气警示灯再次熄灭,这一次怎么摇都亮不起来了。黑暗中,我的其他感官开始发挥作用。

我先是听到了更多的声音,四周似乎非常空旷,没有风,但是远处有着各种各样的声音,水声?雨声?我分不清楚。接着,我所有的直觉——方向直觉、时间直觉都消失了。我感觉不到我在移动,我也感觉不到时间在流逝。

我不知道自己在黑暗中走了多久,似乎只有几秒钟,似乎已经走了好几天。

这有效地证明了直觉这种东西,其实只是细微感官的快速反应,它的产生需要眼睛、耳朵、鼻子等感觉器官和大脑里的经验完美配合。

我的手重复地做着动作,我的脚,所有的感觉都在脚趾上。

Plan B。我努力回忆来的时候,和胖子他们商议的各种可能性。胖子看美国电影看得多了,满口 plan B、plan C,可惜他对 B 的发音听着就不对。

胖子和我分开的地方,离这里并不远。以胖子的经验,他应该比小花更快找到这里。如果胖子和我失散,我们是怎么约定的?

两个方法。一个是用信号弹,如果我们在同一个空旷区域,胖子会打出信号弹,我们承诺必须先会合再进行下一步行动;另一个是用声音,如果双方都丢失了装备,那么必须每隔一段时间,发出一种有节奏的口哨声。

我可以用手指,或者用一根线配合,吹出非常尖厉的口哨声来,但要想传播得远,还是需要一些能吹出高频哨音的东西。

我停了下来,蹲下,开始往旁边摸去,希望有可以使用的东西。往边上走了两步,我便摸到了一只人脚,立在黑暗中。

我把手缩了回来,浑身冷汗,所有的汗毛都孑了起来,再往边上无意识地摸了一下,我又摸到了一只脚。

我心想,这里站满了人!

第三十二章

阴兵

YIN BING

我说站满了人是有原因的,如果我摸到的是一只石头材质的脚,能感觉出来。石刻的足部没有那么多细节,特别是陪葬的人俑,足部的雕刻一般比较圆润,从温度和手感还有坚硬程度来说,一摸就知道。

这是人的脚,因为脚上的趾甲很长,我还能摸到开裂的皮肤,是软的。如果是绷着皮革的人俑,我无法解释断裂的脚指甲,没有人雕刻一具石俑会把脚指甲雕成这样。

我怀疑自己是感觉错误,毕竟刚才就一瞬间,但我已经不像以前那样没有自信,仔细回忆了一下,我觉得我的感觉没错。

黑暗里,我身边站满了人,他们排着队,皮肤干枯,指甲还在生长,和之前的四阿公一样。

这些人应该是死人。

我缩回黑暗中,心脏狂跳。

四周非常安静,我刚才的举动并未引起任何动静。

我几乎能幻想出来,我身边是一排一排的干尸,他们很可能穿着甲胄,身上全是灰尘。

我暂时放弃了和胖子会合的想法,这一刻我对光的渴望达到了极限。我站起来,全身发麻,汗毛竖起,后脊背的冷汗一层一层地出。我深呼吸,把恐惧压了下去,想想自己这十年做过的事情,慢慢地,四周的压力变得不算什么。

我站了起来,感觉着手上钥匙的转动,再次开始往前走,眼前依旧一片漆黑。

如果十年里让我坚持下来的是一种信念,那这信念现在就是指尖的一丝引导,比起十年无法触摸到任何东西,这一点点指引,已经实在很多。

光,我必须有光。

我身上还有潜水服,有坏掉的氧气灯、一把铜钥匙、一块铁牌。用铁牌摩擦地面,只要速度够快，就会产生火花，但这些火花的温度未必够高，而且我也没有取火的火绒。

耐心，我告诫自己，边上的陪葬干尸属于游牧民族，尸体上很有可能会带有火镰等陪葬用具。据我所知，大部分游牧民族的腰带上都镶嵌有火镰燧石。

如果再往前走，我有可能会摸到木质的东西。我有铜丝，只要有木料，我就可以扯开挂着铁牌的绳子，绳子的端口会有棉毛绒，可以做引火的火绒。

总之，远不到绝望的时候。

一路在黑暗中往前走着，却什么都没有碰到，没有胖子来救我，没有木料，脚下的地面一直是冰凉的石头，有的地方忽然出现碎石，我要小心翼翼地爬过去。

我走累了，躺了下来，如果是以前的我，在这种绝望下，早就疯了吧。我蜷缩在黑暗中，开始思索我第一次被一把钥匙带着走是什么时候。

是我爷爷迁坟的时候,老家出事,我在那次事件中得到一把钥匙。这把钥匙让我找到了爷爷真正的棺材所在,从而打开了上锁的骨灰坛,找到了那些箭头。

鬼玺,不知道该庆幸还是不庆幸,我把这个东西留在了外头。我是怕进来太危险,别再丢了,所以让它和大部队一起进来。如果这条路的终点是那扇青铜巨门,那我真应该随身携带。

我沉沉地睡去,虽然觉得很冷,但控制不住睡意。

醒来的时候,我看到了光。我愣了一下,发现我的手脚处竟然有光发出。接着,我一下清醒了过来,那是蚰蜒发出的荧光,它们在往我手和脚上的伤口里钻。

我爬起来,甩掉这些虫子,看了看周围,很多的蚰蜒被我的血腥味引来。

我的血时灵时不灵,我也发现了规律:在我心跳加速、体温上升的时候,我的血是有效的；但是当我体温下降时，我的血就和普通人的血一样了。

我爬起来，用尽自己所有的体力开始活动四肢，让体温回升。

我脱掉潜水裤，用裤腿当手套包住手，把蚰蜒的腿和牙都掰掉，然后抽出潜水服腰部的松紧带，把这些蚰蜒穿起来，做成了一串灯笼。我一手提着灯笼，一手提着钥匙，往四周看去。

荧光下，一具一具穿着盔甲的高大士兵，整齐地站在我四周。他们的脸部奇长，不像是人类。我认得他们，当年小哥就是穿着他们的盔甲，进入青铜门内的。他们的眼睛和陈皮阿四一样，眼睑被割掉，只有眼白，身上落满了灰尘。

小哥就是跟着这些东西进入青铜门的，难道这些阴兵是活的？

我不敢靠近，现在看，这些东西都已经干化了，刚才陈皮阿四也是这种状态，但是可以走动。是不是青铜门打开，这些东西都会醒来，朝门里而去？

闷油瓶一定到过这里，偷了他们的铠甲，混在其中。

我此时有一个大胆的猜想：之前的阴兵不是跟着闷油瓶进入青铜门内了吗？那这些是下一批，也就是说阴兵和果子一样，是慢慢成熟的，成熟一批，就进入青铜门一批，这一批可能还没有成熟。又或者，这一批阴兵就是我上次看到的，我身处的这个区域，已经是青铜门里面了？

青铜门里面并不是另外一个空间或者封闭的秘境，而是这个天宫另一块区域而已？

那我应该怎么做？我看着其中一具阴兵的铠甲，心想，难道我也要换上这套衣服？

我犹豫了几分钟，没有这么做。我告诉自己，我是来接人的，不是来换班的。这他妈不吉利。

我仔细观察四周，这个地方我没有来过，应该是那条地下缝隙的深处。我抬头往上看，上面一片漆黑。

我偏离了钥匙给我指引的方向，在这些阴兵中穿行，当年进青铜门，小哥就是从这儿出发的。我四处穿行，希望能看到一些痕迹。这时候，有东西——碎石掉在我头上，我抬头，再看上方，就看到远远的顶部，有几束细微的手电光。

我忽然意识到我在哪里了，上一次进入云顶天宫的时候，我们经过一个巨大的山体缝隙，里面数亿只蚰蜒形成了银河一样的景观。现在，我就在这个山体缝隙的底部。而上面，有人正按照之前的路线进入皇陵之内。

我手里的光线太细小，上面的人无法看到我，我也顾不了太多了，深吸了一口气，对着上面大喊："你是风儿，我是沙！"

声音循环往上，很快就失去了音调，但旋律还在，据说人脑对这个旋律的判断是最清晰的。我不能让他们认为我的喊声是风声。

我一边注意着四周的阴兵，一边竭力大喊。

四五声之后，上面传来了清晰的哨音，短

短长长短短。

不知道是小花还是胖子,我大喜,接着上面碎石掉落,一个东西顺着悬崖滚了下来,实在太高了,滚了很久,才落到一边,是一个背包。落下来的力量非常大,直接砸到了一个阴兵身上,阴兵倒地,撞翻了一大片。

我条件反射立即找了个地方躲起来,几乎瞬间,我隐约看到,黑暗中所有的阴兵,脑袋都转向了我躲藏的地方。

我屏住呼吸,听到了无数的指甲挠动和盔甲抖动的声音。刚想调整躲藏的位置,忽然我就看到,有三四张奇长无比的尸脸,从黑暗中探了出来,在微弱的光线中,围绕在我周围。

我一口口水差点呛死自己,浑身起了鸡皮疙瘩,看着那些白色的眼睛,它们并没有和我僵持,而是快速地向我逼近,我条件反射地举起手,手里有那把钥匙。

它们几乎已经逼近到我的脸边了,我举手的瞬间,它们停了下来。

我喘着气,看着有三张脸几乎就在我舌头能舔到的位置,但它们确实停了下来。

手里的钥匙很安静,我的心狂跳,心里在喊:闷油瓶,谢谢你!

他确实想得非常周到。这把钥匙似乎材质特别,能够克制这些阴兵。

我深呼吸了几口气,平静了下来,看尸体仍旧没有动,准备站起来,想办法离开这里。一抬头,就发现我的头顶上,还有一张脸,在我没有发现的时候,有一个阴兵从我头顶上爬了下来。这一张脸又把我吓得不轻。

我闭上眼睛,从几个阴兵的缝隙中钻出去,立即来到刚才保龄球一样的背包边上,把钥匙叼在嘴里。

第三十三章

青铜门

QING TONG
MEN

我翻动背包，首先从里面拿出一只手电，我亲吻了一下它，打开手电，强光手电的光芒让我的眼睛一下子眯了起来。

强光之下，四周石块纹路、甲胄尸身上的材质和灰尘，都被照得发白。我抹了抹眼睛，喜极而泣。接着，我翻出一只高频哨子来。

我抬头，吹响哨子，同时用手电打出信号。

上头是胖子，信号打回来的时候我就知道了，他说他爬出了地面之后，已经和小花取得了联系，出去之后的区域就是第一次来的入口处，他抢先进来找我。

我松了口气，再次翻动背包，看到了压缩饼干，这才觉得有些饿。

胖子叫我尽快穿上裤子，否则蚰蜒会钻进屁屁里。我听他的话穿上了裤子，还从背包里发现了半盒烟。说是半盒，但里面只有两三根了，我一边骂胖子小气，一边点上抽了一口。

极度困顿的我顿时有了一种进入仙境的感觉，混沌一扫而空。

四周的阴兵再没有任何反应，但是我的冷汗越来越多，感官恢复之后，第六感越来越灵敏，我看着他们发白的眼仁，总有一种他们随时会动的感觉。这些东西在这里特别邪性，我打算快速离开。

胖子说我所处的位置，很可能能直接到达青铜门，但要小心大的蚰蜒和人面鸟。他继续前进会进入火山口中，他在那里和小花会合，之后按原路进来，带着鬼玺和我在门前碰头。

按照两点之间直线距离最短，我肯定先于他们到达，可能要在黑暗中等待一段时间。原本我都打算摸黑去了，这并不算什么。

回到正路上，看着钥匙的方向，我刚想开始小跑前进，就看到在手电光照耀下，钥匙闪动着灵动的光芒。

你的主人能知道我正在靠近吗？我心想。

胖子在上面沿着岩壁上的突起攀岩前进，

速度缓慢，我很快就把他们落下了。

接下来的十八个小时，我心无旁骛，在长白山深处的缝隙中一路狂奔，一直跑到头顶开始出现巨大的锁链。

第一次看到的时候，这里的场景让人震惊，如今再看，仍旧让人毛骨悚然。一条一条的锁链横贯在山谷两端，无数人面鸟停在上面，头蜷缩着，呈休眠的状态。我早已经走出了阴兵的方阵，屏息缓缓地在满地的骨骸和乱石中穿行。最终，我的手电远远地照出了一块青铜巨壁。

那扇巨大的青铜门，镶嵌在岩壁之中，安静地矗立在那儿。

手电的光芒照不出那边的全貌，它真的在那里，我曾无数次半夜醒来，以为这个东西是在梦中出现，其实并不存在。

不，它是真的，它就在那里。

我的心脏紧张得几乎要爆裂，我软倒在地，双腿不住地发抖。

我真的无法想象，有生之年，我还能回到这里。

手里的钥匙指向那个方向，我没有急着过去，想点起第二根烟，但看了看头顶的黑影，没有敢点。

远处有一块石头，像个平台，我爬了上去，发现双脚脚底已经全是伤口。

我看到有一团东西压在平台上的一块石头下。我走过去，拍掉上面的灰尘后，发现那是一套衣服。辨认了好久，我才认出这是闷油瓶的衣服。他把衣服脱在了这里，叠好，还用块石头压上去。

他又是换了甲胄进去的？我搬开石头，扯出衣服，都是外衣，还有一双鞋。我闻了闻，只有一股鸟粪味。

我把衣服上的污渍大概拨弄了一下，抖掉灰尘和干鸟粪，脱掉潜水服，把衣服和鞋穿上。穿鞋之前，我扯掉衣服口袋里的内衬，用来做袜子包住脚。

潜水服有保暖的功能，但终究不如衣服暖和。我抖了一下，无论怎么抖，衣服里还是能抖出灰来，但舒适的感觉开始回归了。

小哥没有什么私人物品，衣服口袋里什么都没有，我坐在石头上，有点发蒙。

我到了！

为了节约电池，我把手电关了，四周的黑暗中，出现了无数的亮点，寂静，幽然。我坐在黑暗中，犹如坐在漫天星辰里。

我眼前的光不停地移动，汇聚成一个又一个的星座，有些像三叔的脸，有些像小哥的脸。

第三十四章

十年

SHI NIAN

这十年里面，我做过很多次梦，我梦到过年少的他和我在年少时相遇，梦到过青铜门前的白骨，梦到过再见时他已经变成陈皮阿四那样的东西，还梦到年轻时候的三叔把我拴在树下，自己一个人不知所终……在十年的时间里，很多可能性足够让我一个一个地设想，一个一个地接受。

在一切没有开始之前，我最有印象的应该是我的三叔吧。小时候在餐桌上——我家的餐桌放在窗前，窗外是一座桥，桥的那边有一家弹棉花的，他们家的小孩总偷偷到我家窗前，把我家纱窗弄破，偷我放在餐桌上的小玩具——我父母一直说是三叔闯的祸。三叔好玩，来我家的时候，家里人在熬油渣，三叔总是不帮忙做家事，而是举起我放在他头顶，然后带我出去抓蛐蛐。

我的心思很细腻，回忆起这些来，特别是

这十年间，看到了很多以前看不到的东西。我喜欢抓蚱蜢，因为把蚱蜢抓来就是自己看，它不会叫，也不会和蟋蟀一样好斗。但三叔喜欢争斗，所以他的目的一直很明确。

对于我来说，抓蚱蜢是力所能及的。但抓蟋蟀需要到肮脏的地方，翻开砖瓦。蟋蟀看起来也非常可怖，风险很高，所以我一直跟着三叔，看他翻开石头，踩死油葫芦，扑那些在枯叶湿泥中跳跃的蟋蟀。也许从小的时候，跟着三叔去窥探他的世界，已经成了我的习惯之一。

黑暗中，我的脑海里闪过很多东西，爷爷的笔记，长沙镖子岭。爷爷那一代人，很多时候求的是一顿饱饭、一张暖和的床，但爷爷他们往往要竭尽全力才能满足这些。他们的爱情几乎是在一瞬间发生的，在田埂拉着翻犁远远地看一眼，爷爷他们往往就觉得自己喜欢上了一个人。那个时候的人，为了简单的目的，使用简单的手段，但做着这个时代无法想象的残酷抉择。

所以，爷爷对于人心是绝望的，这也是他那么喜欢狗的原因。

在这十年的时间里，我越来越理解爷爷，甚至也越来越理解小哥对于这个世界的淡漠。什么是人呢？这个世界上所有的人，都有自己完整的一套需要解决的问题，以至于你和其中任何一个人联系，其实都是在和他所有需要解决的问题联系。

十年里面，我越发明白自己能给予对方的最好东西，如果不能够解决对方需要解决的问题，那么你就算挖心掏肺，对方掉转枪口的决绝也会让你目瞪口呆。

世界上大部分的人，并不知道自己需要什么，他们只知道别人有什么，而他们不可以没有。所以，大部分人心是无解的，你能拿出的所有，必然填不满蜘蛛网一样横亘在人和人之间的巨大欲望。

如果我是小哥，一次一次地经历这样的人心，我宁愿人世间只有我一个人。少有人能阅尽浮华之后，仍旧天真无邪。可天生单纯的人，只能生存在无尽的孤独里。

我抬头看四周的光，它们还在变化，变成了蹦跳的蛐蛐，变成了十年里一幕一幕让我难过和无法理解的人心。

远处有一盏灯火缓缓出现，似乎是油灯，和这些光不同，那遥远的火光犹如鬼火一样。

我的心在刚才的思绪中沉了下去，我一时间无法分清楚这是现实还是幻觉。

那盏火光越晃越近，听着远处传来的脚步声，我才慢慢醒悟过来，心中恐慌。如果是胖子和小花，按照原来的计划，他们不应该在这里出现。而在这长白山山底，怎么会有人持灯而行？

难道是小哥在门里待烦了，出来遛弯儿？

第三十五章

无数个我

WU SHU GE
WO

我在边上捡起一块石头,在黑暗中,想来他不会那么快发现我,如果有变,我用石头砸他,至少可以防身。

灯火晃晃悠悠,逐渐靠近,很快灯火就来到了我的前方。

我看到一个举着风灯的人,穿着破烂的冲锋衣,来到我的面前。他没有看到黑暗中的我,只是和我之前一样停下来喘气,四处观瞧。接着,他坐了下来,把风灯放在一块半人高的石头上,火光照亮了他的脸。

瞬间,我有了一种认识和不认识完全混淆的感觉,随即我便发现,这两种感觉都是对的。因为,我看到的是我自己的脸。来的人,竟然和我长得一模一样。

我眯起眼睛,张海客还是……

他的脸上充满了疲惫,在迷茫地环顾四周,不是张海客,张海客的眼神要坚定和锐利很多。

他似乎没有继续前行的打算，开始整理自己的背包。他的背包里有一些吃的，他吃了起来。

我的手有些发抖，脑子一片空白，不知道该如何反应。忽然，这个人似乎听到了什么，警觉地抬起了头，我立即屏住呼吸，却看到他看的方向不是我这边。

他看向了峡谷的深处，我转头看去，又看到一点火光，从远处晃动而来。我面前的"吴邪"似乎紧张起来，他观望了一会儿，掏出了一把手枪，但接下来没有任何举动。

我抓住一边的石头，等了足有半个小时，才看到一个人举着火把，小心翼翼地走近这里。

这个人穿着攀山的紧身棉服，举着火把，背着一个巨大的登山包，来到我附近。他看到了风灯下的"吴邪"在看着他，但两个人都没有丝毫的惊讶，接着，新来的人放下了背包。

他的头发很长，比我以前的头发都长，胡子也很久没有刮了。他抽出了登山镐，用镐刨掉一个区域的碎石，给自己弄出了一个可以休息的地方。

我看着第三个人的脸,浑身的冷汗不停地冒出来,那仍旧是我的脸。

怎么回事?

我的脑子一下清晰,一下混沌,无法进行思考。

为什么不止一个我来到这里?

那些人,他们的举动,都好像我。难道,那些我发现的和我长得一样的人,也就是让张海客一直困惑的那些伪装的"吴邪",都来到这里了?

接着,在远处的黑暗中,一盏一盏的灯亮起来。我惊悚地意识到,无数的"我"开始往这里走来。

他妈的,我心想,我浑身的汗毛都立了起来。

这些人,他们互相并不在意,来到附近之后,都是和我之前一样,找了一个地方坐了下来,也不交谈,也不注视,就默默地安静了下来。很快,在青铜门外的这片峡谷中,星星点点地亮起了很多火光,好似夜晚湿婆灯会时满山的火灯。

第三十六章

黑瞎子

HEI XIA ZI

我在黑暗中待了很久，一直到这个地方已经没有黑暗给我隐藏。等我反应过来，我已经在他们之间穿行了很久。他们没有一个人抬头看我，他们有的迷茫地看着四周，有的看着手里的东西，有的在闭目养神，有的干脆睡了过去。

我捏紧了手里的石头，不明白这是怎么回事，但我知道，这样的场景，和我无数次想象的都不一样。

把他们都杀了，我的心里不停地涌起这个念头，不管这些人为什么会出现，但我不要这么复杂的局面。

我拿着石块，来到一个睡着的"吴邪"身边，冷冷地看着他，把石头举了起来。他翻了个身，睁开眼睛，看着我，眼神中没有一丝的恐惧。这个时候，我忽然意识到，自己在什么时候见过他。

他疲惫地睡在石头上，手里拿着一瓶没有标签的白酒。这是我回到杭州最初的样子，我躺在铺子前,对着面前的西湖。人流如织,我喝着白酒,我根本就没有酒量,刚清醒一点,喝两口又晕乎乎了。那个时候,我觉得疲累绝望,一切都回到原点,我失去了所有,竟然什么都没有获得。

我放下手里的石头,看着四周的"吴邪"们,意识到他们都是我这十年里面的一个瞬间;每个人,都是过去十年中的一个自己——穿着不同的衣服,带着不同的警惕,拿着不同的武器。

人从没有这样的机会可以这么清晰地注视自己,我爬到一块大石头上,心里忽然想到:这是幻觉吗?为什么那么多的过去会在我面前投射出来?难道,我在不知不觉中,走到了青铜门的里面?我用手电照到的青铜门的光泽,是门的背面?

我正想着,就看到身边的火光一点一点熄灭,只剩下一团火光的残影,四周缓缓地恢复黑暗。接着,我感觉到有东西在舔我的嘴唇。

我的意识缓缓地回归,意识到自己在睡梦中,耳边有人说话,等我睁开眼睛,蒙眬地看到面前的篝火,小满哥在舔我的脸。

不知道小花给它吃了什么，口水臭得要命，我翻身坐起来，看到四周有几堆篝火。

旁边有人递水杯给我，我心中一松，接过水杯，这才发现自己手上的伤口被缝好了。

"来了？我怎么睡着了？"我说道。

有人往我水杯里倒入热茶："你不是睡着了，是休克了。"

"胡说。"我喝了口热茶，十年里，我经历过比现在严苛很多的环境，我怎么那时候不休克，反而在这里休克？

我转过头，以为会看到胖子或者小花，或者是其他人，但我看到了一个穿皮衣的男人，他戴着墨镜，端着杯子看着我。

"我还没有醒，对吗？"我喝了口茶，"否则，你怎么会出现在这里？"

"是的，我是你的幻觉，你马上就要死了。"黑瞎子和我说道，"这里的温度很低，你躺在石头上睡着了，他们在你死透之前找到你的可能性很小。"

"我不会死的。我死前的幻觉，怎么可能是你？"我说道。看着小满哥，我忽然有些不好的感觉，黑瞎子肯定是我的幻觉，但是我的幻觉里为什么会有这条臭狗？

我强烈地意识到自己还没有清醒。我站了起来，看向四周，一眼便看到胖子死在我背靠的巨石后面，他的脖子断了，手脚被扭成麻花，脊椎骨露出来，一只口中猴正在吞咬他脊椎里的东西。

"他在下来的时候，滑下锁链，摔断了脖子。"黑瞎子来到我的身后，勾住我的肩膀，示意我看另一边。

我转头看到小花的头滚在一堆碎石里，身体不知所终。

"你把他的头带出去交给秀秀，看看她这次理不理你。"黑瞎子说道，"他被人面鸟撕成了碎片，你的手下想去救他……"

在小花的头颅边，坎肩被压在一块石头下面，眼珠子都被压出来了，脑汁从他的眼洞里流了出来。

"这里的人面鸟抓着石头,像投炸弹一样丢下来。"

我朝他们走去，四周都是伙计们的尸体，四分五裂的，周围弥漫着血腥味和令人作呕的内脏臭味。竟然没有一个活着！

我的手发凉，看向黑瞎子。黑瞎子说道："我和你说过，也许会是这样的下场。只要有一个人继续走下去，他身边的人就会不停地遭遇这些。"

我没有说话，十年前，我也许会因此崩溃，但现在不会了，因为我已经认可了人生的无常。

黑瞎子看着我："不说话？来，跟我来。"

"去哪儿？"

黑瞎子用手电指了指前方，我发现，那扇巨大的青铜门竟然已经开了，出现了一条缝隙，并且正在缓缓合拢。

他从地上捡起一把枪，甩给我，然后朝着缝隙冲了过去。我检查了一下子弹，从胖子的尸体上捡起手电，也跟着他朝缝隙冲了过去。

人面鸟朝我们俯冲下来，我在他背后抬枪射击，每打十发子弹就打一发曳光弹。在漫天的光弧中，我趁着混乱冲进了缝隙之中。

第三十七章

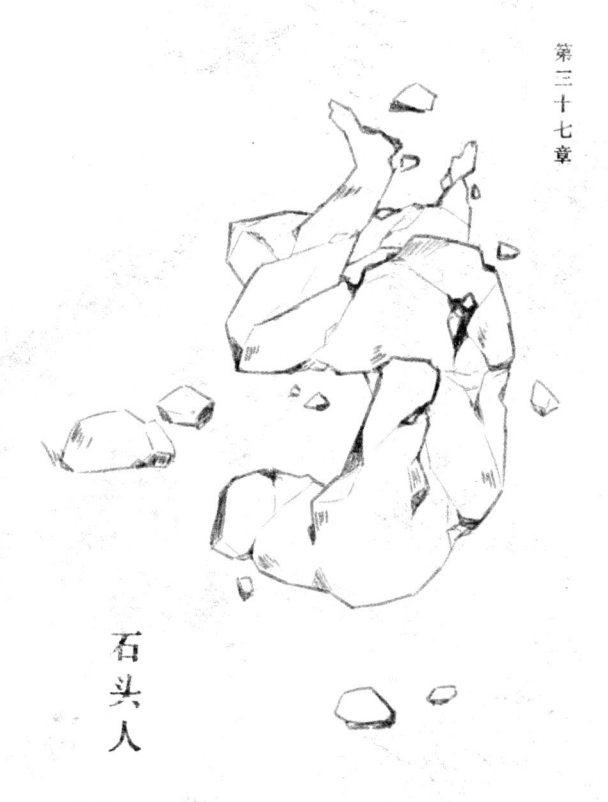

石头人

SHI TOU REN

缝隙内部一片黑暗，我枪口斜向上打出曳光弹，闪光中，我看到了无数的石头塔，那是用石块堆积起来的一座一座低矮的石塔，上面满是细小的花纹。

"这是什么地方？"我反身对着门口射击，打掉一只飞进来的人面鸟，更多的人面鸟一下拥了进来。

黑瞎子抓住我的脖子，将我按倒在一堆石头后面，反手扔出一根雷管，转身在半空中引爆。

巨大的轰鸣声在青铜门内形成一种非常奇怪的音效，我仿佛看到了声波划过整个空间，石头上所有的花纹都亮了起来。这些花纹闪着磷光滑过整个洞壁。我看到整个洞穴的墙壁上都是细微的花纹。声波过后是光纹，一路往地下深处传去。

漫天的血花落下来，黑瞎子大叫："站起来！"我和他一起站起来，对着门口不停地开枪,把从炸碎的鸟尸中爬出来的口中猴打死。

门里就是这样的吗?我看着四周,那些磷光闪动,好像在和我说话。

"这是什么地方?"我不由自主地停下射击问道。

"你自己看清楚!"黑瞎子吼道。

我看到那些花纹掩盖下的石壁上,满是被嵌入石壁的石人。这些石人浑身赤裸,表皮和这里的石头一模一样,像婴儿一样蜷缩在洞壁的坑里,成千上万。他们的肚子上有一根脐带,和这里的石头相连。

几乎同时,我也看清了那些奇怪的花纹,竟然都是算筹的数字。

这些石头人,有大有小,有些只是婴儿大小,有些是少年,有些是成人。所有的人都长着和闷油瓶一样的脸,一动不动。

他们安静地躺着,身上标记着算筹的数字。数字可能是用这里的昆虫做的染料书写上去的。我无法计算数量,因为我不知道这里面有多深，但是我看到，这里所有的山岩、山壁上，都长满了这样的石头人。

"汪藏海记，顺铁链而下，只见青铜巨门立于山底沉岩，内有石人万千，石胎孕育，脐带入石，无情无欲，算筹以计，累恒河沙数，不尽不绝。"黑瞎子说道。

"小哥他妈的是个石头人？"

黑瞎子打死最后一只口中猴，在地上的碎石堆中捡起一块石头丢给我，那是人手的形状。

"这些石头人，每隔一段时间，就会变回石头。这里每一堆碎石，就是一个张起灵。人碎之后，再隔十年才会再长成一个。"

"胡说。"我浑身发冷，看着一堆一堆的石头，我认识的那个张起灵，就是其中一堆？

"我是在做梦吧，快些醒来吧。"

黑瞎子看着我："他只是一块石头，和这里任何一块都一样。"

"我在做梦。"我看着黑瞎子，"快让我醒过来！"

真实和虚幻的感觉不停地混沌，我觉得反胃，眼前的黑瞎子一下清晰，一下模糊。

他看着我："有的人赶不及回来，就会变成一座雕像；能回到这里的人，他的记忆中，他所珍惜的部分……"

我举枪对着黑瞎子："不要说了。"

"你不会开枪的。"黑瞎子看着我，"即使你觉得在梦里，也不会对我开枪。"

我放下枪，环视四周，蒙眬中，这些人就像蘑菇一样在岩石上长出来。这到底是什么地方？十年了，那……下一个小哥呢？我用手电去照那些石头人，忽然黑瞎子背后人影一闪，一把刀从他胸口刺了出来。

我浑身一颤，一下清醒过来，一个翻身坐了起来。

"哇，哇，哇，哇哇，哇！"身边传来人的狂叫，我转头看到胖子、白蛇，他俩都被我吓了一跳。

"诈尸啊你！"胖子看着被我吓了之后打

翻的茶水溅满的前胸,怒道。我急忙看四周,炭火很旺,很暖和,我身上加盖了胖子的衣服。

我看了两圈找黑瞎子,没有发现他的存在。他不在这里,我放下心来。

"你们下来了?我睡了多久?"我动了一下,发现身上有暖袋。

"我们不知道,找到你以后,你一直在昏迷。"白蛇道,"你一直在低温环境下行动,可能精神太亢奋了,连自己的新陈代谢停止了都不知道。吴邪,你真的令我很失望。刚才到底发生了什么?"

"白娘子说得对,白娘子什么都明白,我们有了白娘子简直天下无敌。"胖子说道,"就连胖爷我,看到白娘子都得佩服一个礼拜。"

胖子喜欢托大,白蛇那种说话习惯可能很让他吃不消。

白蛇没理他,说道:"人生来平等,称呼对方的名字,没什么不好。"

我看了看远处青铜门的方向:"小花呢?"

"在这里联系不到他,不过你放心,他人强马壮的。"

我不是担心这个,时间不多了,鬼玺在他那里。

"你知道用那东西怎么开门吗?"胖子递给我烟,示意我咀嚼一下。

我看着青铜门的方向,把烟嚼碎:"他娘的,都是你的汗臭。"

"这是胖爷我用身体保护的最后一包了,有胖爷的体香,以前你嚼了都会吐的,现在果然成长了。"胖子用手电照着我看的方向,青铜的光泽若隐若现,那东西太大了,根本不用找。

我把烟吐了出来,干呕了两下。胖子使了个眼色,示意我跟他去。

"你发现了什么?"

"在你做噩梦叫'不要不要'的时候,我把这附近看了一遍,发现一个蹊跷处。"说着,他往青铜门走去。

第三十八章 吴邪的选择

WU XIE DE
XUAN ZE

黑暗中两道手电光束晃动，并不能平缓我不稳定的心跳。走近青铜门，巨大的门体上泛着让人窒息的光泽，让人感觉远古至深。我越过了当年靠近门时达到的最近的距离，开始走得更近。门在我的面前越来越大，我越来越喘不过气来。

"得亏咱们把鬼玺留在外面了，否则我们到了门前，说不定门就开了。"

具体怎么用鬼玺，谁也不知道，但上次小哥似乎就这么拿着进去了。

"时间没到呢，万一你到门口，门他妈的就开了，他没穿裤子，多尴尬。"胖子说道。

"他是没穿裤子，他的裤子我穿着呢。"我指了指自己的裤子。

"那他娘的就更尴尬了。"胖子道。

"你觉得小哥是那么爱面子的人吗？如果能早点出来，不穿裤子也没什么吧，反正如果我被关了十年,不穿裤子就能提早出来几天,我肯定愿意。"

胖子抽了抽鼻子:"你见过小哥丢面子吗?"

"好像没有。"我回忆了一下。

"那就是说,小哥是一个极其爱面子的人。普通人怎么可能永远不丢面子?而且时间没到就开门,说不定有连锁反应。"胖子做了个我们被小哥拧断脖子的动作。

我转头看门,惊讶地发现就算是这么近的距离,也能看到门上面的花纹仍旧非常精细。刚才做梦的时候来过,想到刚才梦里的情况,我有些不适。

两个人对着门看了半天,都不说话。

"你说我舔一口会不会长生不老?"胖子喃喃道。

我深吸了一口气,心想,不至于这么简单粗暴吧。

"小哥,小哥,我们来了,你在里面的话,吱一声。"胖子扯着嗓子喊了一声。

我们静下来，听了听，没有人吱声。

"门太厚了。"胖子拍了我一下。

"别耍宝了，你到底发现什么了？"我有些不耐烦。他从口袋里掏出一个东西给我，我发现那是一块石头。

"这是？"

"石塔。"胖子说道，"有人在神道上放置了简单的石塔，我们跟着石塔，才能这么快到达这里。看样子这是小哥留下的记号。"

"看来他在每条路上都做了引导。"我摸了摸石头，"然后呢？"

"然后，一般引路只会引一条路，对吧？"

我点头，胖子说道："小哥给我们指的路，有岔路。"

我沉默了一下，忽然意识到他叫我过来的原因。我想了想，说道："那你有顺着另一条路进去看过吗？"

"我担心你的安危，所以先到这儿来了。"胖子在青铜门前坐了下来，"你要去看看吗？"

我也坐了下来，摇了摇头，胖子露出了惊讶的表情："哦，你竟然对这个不感兴趣！也许小哥把一些你需要知道的真相，都留在了那个地方。"

"是啊。"我说道，"也许所有的一切都在那个地方。但也许，他只是想试试，我还是不是那个无法看清真相又耿耿于怀的人。"

胖子沉默了，他看着我，我看着他。隔了好久，他问道："真的不去看看？"

"我一点兴趣也没有。"我说道。

"浪子还真能回头。"胖子竖起大拇指，"不是说你的脾气不好,但人经历得多了之后，就得知道自己什么时候该停下来。那我们就等着吧，小哥出来之后，你准备怎么办？你有想过吗？"

我看着面前的青铜门："我有一次在福建南边的山里寻访到一个村子，那里的风水很奇怪。村子坐落在一个山谷的半坡上，附近有六条瀑布，溅起的水花常年落在村子上空，使得村子好像下雨一样。村子里的老人说,以前有僧人游居过这里,写过一首诗,说这里百年枯藤千年雨。村子很漂亮,水很干净。村子附近有很多大树,村里人很淳朴,我准备去那儿待一段时间。小哥的话,他出来之后就自由了,他会去哪里,我不知道。"

"那你的生意呢?"

"给小花,我欠他的。是关是继续,他说了算。"

"他娘的,我和你这么多年兄弟,你给小花不给我。"

我抓住胖子的脖颈肉:"作为你多年的兄弟,我郑重告诉你,你该退休啦,到村子里来吧,村支书给你当。"

胖子笑笑,忽然扒开面前的石头,我看到,那个地方有一个青铜的凹槽,他从自己背包里掏出鬼玺。

"小花说,如果你选择去那条岔路看一看,你的命运仍旧不会改变,这东西就应该永远埋在这里。如果你放弃了,你才配拥有未来。"

我看着他,心想:你打什么小九九?

"他不下来了。"胖子说道。

我心中涌起一股不祥的预感:"小花怎么了?"

"放心,他没事,他就在上面等我们。我带着他的考验下来,他怕自己下来考验你,被你识穿,毕竟你们一起干过太多坏事。"胖子耸肩站起来,"这是你最后一次被人骗,接下来我们都该退休了,只有真正地离开,才能……"

"才能真正地结束。"我接道,"做一个没有过去和未来的人,和这个世界没有一点点联系。"

第三十九章 大结局

DA JIE JU

凌晨醒来,这是约定的最后一天了,我摇醒了胖子。我俩洗了把脸。

他会怎么出现呢?

第一句话会是什么?

他出来的时候会是一个人吗?如果是一群人,我要把跟着他出来的东西都干掉吗?我检查了一下弹药,端着两把枪,坐到青铜门前。

想了想,我又觉得不合适,把枪放到了身后。

两个人默默地看着青铜门。休息了之后再看,真大啊。

这是人间奇迹,这么多年再没有见到过比这个更简单但是更震撼的东西了。

"里面到底是什么地方?"胖子喃喃道,"这么多年,你就没有一个自己的推测吗?"

我和青铜门是没有感应的,我就是一个普通的凡人,但是凡人可以做成太多的事情了。这道门,也许是无数个凡人用无尽的岁月修建而成的。

没有推测吗？当然有推测。这么长的时间，我对于这道门的思考，几乎所有安静的时候都有，它会出现在我所有的午夜梦回中。

"你看门上面的纹路，你觉得像什么？"我问胖子。

胖子看了半天："榴梿千层酥。"

青铜门上的花纹非常繁复，极其细腻，其实非常像人大脑上的纹路。

"第一个猜想，这些纹路的复杂程度，就如同人脑子的褶皱。"我对胖子道。如此巨大的门上面的图案如此细腻，你只有靠近了才能知道那些花纹有多复杂。我们不知道青铜门内部的结构，是否青铜门内还有无数的纹路延伸进山体的内部。

"你是说，这道门，就像人脑一样，能够思考？"

"只是遐想。"我说道。

"那它在这地底思考什么呢？"

"终极。"我说道。人大脑上的褶皱，和现在高密度集成电路有非常相似的地方。这道巨大的青铜门，会不会也是一块"集成电路"呢？属于当时的文明，在运算着什么关于人类和生命的终极问题？

"小哥干吗进去？张家人干吗守着这里？运算不能被打断吗？"

"这我就不知道了。"

"这我不喜欢，你换一个猜想。"胖子摆弄着鬼玺。

"那我说个正经的。"我揉了揉眼睛，"小哥几次失忆，我们调查以来，都是进入了陨石区内发生的，这道青铜门似乎就是用当时最大的一块陨石建造的，也就是说，在这道门后，应该是陨石的主体部分——深入山体。

"张家很多本家人都有天授的情况，到了一定的时候，他们会产生新的记忆，覆盖旧的记忆，有一股力量通过转换记忆的方式，让他们去做一些莫名其妙的事情。这些碎片一样的事情，在改变人类发展的进程,就如同整个世界有一个牵线的木偶师一样,在不停地进行微调。"

"所以呢?"胖子问。

"简单推理,所有线的源头,都汇聚在这道门里,真正的'张家人',应该就在门里。它们可能是一种意识,随着陨石落下。"

胖子没怎么听懂,"嗯"了半天。

"还有一个可能性,不知道你想过没有?"我没想全部讲完。

胖子看着我:"还有比这更扯的?"

"你有什么信心,觉得我们是在门的外面,而小哥是在门里面?"我看着那道门,门也凝视着我,"我在看这道门的时候,时常有一种感觉,我们是在门里,我们完全不知道,门外是什么。"

"打住。"胖子叫停了我,擦了擦汗,"这十年里,你都在想这些?你精神没出问题吧?"

我拍了拍他,就不说话了。

一晚上没睡,我频繁打着哈欠。胖子过来,递过来一个手机:"听点儿音乐吧,今天应该听什么?"

"你有什么?"我拿过来,刷里面的App,音乐列表里都是广场舞的配乐,放这个小哥会缩回去的吧,虽然我觉得那些配乐也挺带劲儿的。

"你就没什么应景的吗?"

"有一首,最近挺火的,巴乃一个小姑娘给我下的。"胖子拿过来,翻了半天,翻了出来,"*See you again*。"

我放了出来,静静地,歌声不大,是英文的。我默默听着歌,胖子也不说话。

"It's been a long day without you my friend. And I'll tell you all about it. When I see you again..."

胖子哼了起来,还挺好听的。我一直沉默,听了很久。

不会不出来了吧,我叹了口气。慢慢地,胖子睡着了,在一边打着轻微的呼噜。

我强打精神,但听着音乐不知不觉就犯困。

蒙眬中,我看到青铜门开了。

我就是那个卖火柴的小女孩吧,我想。我揉了揉脸,睁开了自己的眼睛。

我站了起来,看到鬼玺在一边发着光,青铜门的缝隙中,黑色的深渊中,似乎有东西在指引着我,让我进去。

我转头看了看胖子,胖子沉沉地睡着,而我完全不受自己的控制,往缝隙中走去。

我走入缝隙之中,四周是一片黑暗。我听到耳边似乎有打雷的声音,但没有任何光线,什么都没有,绝对的黑暗。

接着,我听到了心跳的声音,同时感觉到,我手上的伤口开始流血。

血流得飞快,虽然我什么都看不见,但是我能感觉到血飘了起来,汇聚到我面前的空间。

就在这个时候,我心中忽然有了一个念头,这个念头是凭空出现的。

我可以知道自己想知道的所有信息,就在此时此刻。

我不知道为什么我会那么笃定，但就是在这一刻，我知道了，我可以知道一切。

然后，我向自己提了第一个问题，就像平时自己思考问题一样。

"这里是什么地方？"

"我……"我在内心立即回答了我，就像我本来就知道一样。

这是一颗坠落的陨石，它带有一种特殊的作用，在它辐射的区域内，当人类的意识足够统一的时候，当他们同时相信一件事情的存在，这件事情，就会变成现实。

这颗陨石，就是意识反作用于现实的原因。

这也是世界上很多的教派，强调"信"这件事情的原因。当年的创教者偶然发现，只要足够多的人相信一件事物，这种相信就会反映到现实。

现在我就在陨石之中。

原来是这样？

"张起灵为什么要到这里来？"

"当最早张家人发现了这里之后,他们坚信这里不能让其他的人发现,他们坚信自己发现这里是命运的安排,于是这种命运便真的产生了。他们产生的这种命运,开始控制他们,守护这里。但只要离开这里的时间足够久,他们的坚信就会逐渐被动摇,他们最早因为相信而产生的力量就会消失,这是人类的本性,所以他们最早的意识盘踞在这里。每隔十年,有人回归,重新面对那些最早的意识,那些意识会让他们继续相信下去,从而让能力能够持续。而对于张起灵来说,他早就分不清,自己拥有的,哪些是相信给予他的,他只能不停地相信下去。

"所以,所谓的长生,那些与众不同的能力,都是因为,张起灵真正相信自己可以那样。"

"不仅如此,如果你能够真正相信,你自己可以这样,你也可以做到任何事情。"心中的声音回答我,"但,人要真正相信自己,可能是世界上最难的事情。"

"相信自己有什么困难的？"我问。

"就像你不可能相信你可以走在水面上一样，只有极少数的人，可以真正相信自己。"心中的声音回答我，"你甚至无法相信自己真的进入了这里，听到了这番话。"

我的面前忽然出现了一个广阔无垠的水潭，水面如镜一样平静。

我看着水潭的表面，用脚碰了一下，是冰冷的水。水波荡开，很快消失在目力可见的尽头。我看到一个人影出现在非常非常远的地方。

那是一个熟悉的背影，是小哥。

我踩了上去，一下我就掉入了水里。

接着，我就醒了过来。我抬眼看向青铜门。

是梦，门还关得死死的。

我看了看自己的手，伤口没有开裂。

果然没有进去。

胖子迷迷糊糊，问我怎么了，我说又做梦了。胖子就又睡了过去。

我不想再睡了，于是开始对胖子说话。

"那个村子里面的人，会做一种点心，是用糯米和红糖做的。因为雨水充足，村子里有一种特殊的野草，叫作雨仔参，那种点心里，就有雨仔参的花瓣，吃了可以长记性。"我转移自己注意力说道。

胖子含糊地应了一声。

"雨仔参只开花不结果，要播种只能靠根茎繁殖。但是，据说也有结果的，非常罕见，吃下那果实能够让人回忆起前世。当然，这是当地的传说。"

我一直在说话，我也不知道自己说了多久，门一直没有开，我恐慌起来，脑子开始一片空白，看着面前的门，不知道什么时候，又沉沉地睡了过去。

很久很久之后，蒙眬中，我感觉一个人慢慢地坐到了我的身边。

我迟疑了一下，侧头去看，对方也侧头看着我。

胖子慢慢地醒了过来,看着我们。

我看到了一张熟悉的脸孔,淡然的眼睛,映出了篝火的光。

人们说,忘记一个人,最先忘记的是他的声音,但是当他的声音响起的时候,我没有一丝陌生。

"你老了。"他说道。

音乐还在流淌,在这最靠近地狱的地方。

胖子上来,一把勾住小哥的肩膀,弄得他一个趔趄:"哪儿能跟小哥你比啊,你舍得出来啊你!"

小哥被摇得东倒西歪。他朝我笑了笑。

我没有看到我以为的任何过程,但无所谓了。我看了看青铜门,它似乎正在闭合。深渊凝视着我,但我转过了身,和他们抱在了一起。

我们只是,好久不见。

我居北海君南海,寄雁传书谢不能。

桃李春风一杯酒,江湖夜雨十年灯。

十年

江湖夜雨十年灯

桃李春风一杯酒

图书在版编目(CIP)数据

十年 / 南派三叔著. —— 北京:北京联合出版公司,
2025.6. ——(盗墓笔记文库本). —— ISBN 978-7-5596
-8354-0

Ⅰ. I247.7

中国国家版本馆 CIP 数据核字第 2025Z5S084 号

盗墓笔记文库本 . 十年

作者:南派三叔
出品人:赵红仕
责任编辑:高霁月

北京联合出版公司出版
(北京市西城区德外大街 83 号楼 9 层 100088)
三河市中晟雅豪印务有限公司印刷　新华书店经销
字数 236 千字　880 毫米 ×1230 毫米　1/64　印张 9.6875
2025 年 6 月第 1 版　2025 年 6 月第 1 次印刷
ISBN 978-7-5596-8354-0
定价:118.00 元(全 3 册)

版权所有,侵权必究
未经书面许可,不得以任何方式转载、复制、翻印本书部分或全部内容。
本书若有质量问题,请与本公司图书销售中心联系调换。电话:(010)82069336